公爵は愛を描く

藍生有

イースト・プレス

contents

公爵は愛を描く

国の中心部から少しはずれた小高い丘に、白い宮殿が建っている。国内有数の貴族、アウレリオ伯爵家のものだ。

家紋の入った門は高く、槍を持ったまま馬に乗っても出入りできる。重たい扉を開くのは門番の仕事だ。

厳《おごそ》かに開いた門の向こうには、手入れの行き届いた中庭が見える。庭を囲む三階建ての建物は回廊部分に規則的なアーチが並び、そのすべてに細やかな装飾が施《ほどこ》されていた。

アウレリオ家は国内にたくさんの邸宅を持っているが、生活の拠点はこの宮殿だ。一族は主に二階に住んでいる。

現在の当主の次女、ジェンマ・アウレリオの部屋も二階にあった。大きなベッド、テーブルと椅子《いす》といったお気に入りの家具は、どれも母から譲り受けたものだ。

特に椅子は、最近流行している女性用の軽いもので、スカートでもゆったりと座れる。ここに腰かけてのんびりと本を読むのがジェンマは好きだ。

だけど今はその椅子に、白い布をかけた一枚の絵が置いてある。ジェンマはしばらくその布を眺《なが》めていたが、意を決して手をかけた。

静かに布をめくる。

波打つ金色の髪に、濃い青の瞳。薔薇《ばら》色に染まった頬が、はにかんだような表情を彩《いろど》っている。胸元が少し開いた赤いドレスを着た少女の肖像画が、そこにはあった。

この絵の中にいる少女はジェンマだ。とても綺麗《きれい》に描いてもらえたから気に入っていた。ジェンマも両親も、この肖像画を見た誰もが褒《ほ》めてくれたのだ。次兄なんて、実物以上だと笑って母にたしなめられていた。

でも、戻ってきてしまった。

「どうか気落ちなさらず……」

部屋の隅《すみ》に控《ひか》えていた、侍女のエレナが言った。

「平気よ」

気にしないで、と続けて、ジェンマは笑う。でもそれが作ったものであることくらい、幼い頃から身の回りのことを世話してくれているエレナには分かっているのだろう。顔をくしゃくしゃにして、何も言わずにただ頷《うなず》いている。

貴族の娘にとって、自分を描いてもらった絵はとても重要なものだ。

この国では、貴族の結婚は男性側の申し出から始まる。求婚を受け入れた女性側は自分の今の姿だと肖像画を送り、その礼として花嫁衣装をもらう。その衣装を身につけて結婚式を行った後、花嫁は今まで育ててくれた両親へ自分の代わりだと言って絵を渡すのだ。

もし男性側が縁談を断る場合は、衣装ではなく肖像画を返送する。それでおしまい、縁はなかったものとして扱われる。

つまりここにジェンマの肖像画があるのは、そういうことだ。

はぁ、とジェンマは心の中で大きなため息をつく。

これで三度目だ。今までジェンマは三回求婚されている。そして三回とも、肖像画は戻ってきてしまった。

明るい笑い声が聞こえ、ジェンマは窓に近づいた。広い庭には美しい花が咲いていて、それを眺めるように母と兄の妻たちがテーブルを囲んでいる。

三人はとても仲が良く、時間が合えばこうして過ごす。近くの伯爵家に嫁《とつ》いだ姉が加わる時もある。ジェンマもよく誘われるが、かしましい場が苦手なので、断ることが多かった。

今日も誘われたけれど、断っている。この絵が返却されたせいで気持ちが沈んでいて、噂《うわさ》話に興じる気力がなかった。

ジェンマには二人の兄と姉、弟がいる。兄と姉はそれぞれ素晴らしい相手と結婚していた。弟はまだ婚約をしていないけれど、同世代の貴族に男が少ないためか、昔からたくさん縁談を持ち込まれている。

それに比べて、自分はどうか。

ジェンマは振り返って、絵の中の自分に問いかけた。

――ねぇ、どうしてあなたは戻って来たの？

率直に言ってしまうと、ジェンマは納得できていなかった。

貴族の娘として生まれたからには、縁を持つために嫁ぎ、関係を良好にし、子孫を残すことが義務だと理解はしている。ジェンマは今十八歳、そろそろ友人たちも結婚する年頃だ。覚悟はできていたし、父が決めた相手ならば不満はなかった。結婚とはそういうものだと思ってきたから。

でも今、そこに疑問を覚え始めている。それもこれも、三回断られたせいだ。

どうして断られたのだろう。絵を渡しただけで、会ってもいないのに。

申し込んできた縁談を反故にする、本当の理由をジェンマは知りたかった。だけどそれを女性側が聞くのはマナー違反とされている。もしかすると両親は知っているのかもしれないが、教えてはくれなかった。おかげで惨《みじ》めな気持ちに押しつぶされそうだ。

少なくともジェンマの周りでは、絵を返された話なんて聞いたことがない。それが三回もだなんて！

絵の中にいる自分は微笑《ほほえ》んでいる。これを描いてくれたのは、昔から父が目をかけていた画家だ。姉の肖像画も彼によるものだった。

この絵に問題があるとは思えない。でも、結婚の申し出以降、ジェンマは先方の誰とも会っていないから、絵を突き返される理由もないのだ。

ジェンマはそっと絵に触れた。微笑む自分の姿が、どうにも痛々しく見えて悲しかった。


「ジェンマ、お前に話がある」

昼間、家族揃《そろ》っての食事の席で、父が言った。

「なんでしょうか」

ジェンマはパンを口に運ぶのをやめて、父を見る。自然と背筋が伸びた。

アウレリオ家の当主である父は、ジェンマにとっては厳しくも尊敬すべき人である。父の発言は絶対だ。

「今、とても有名な肖像画を描く画家がいるのを知っているか。若い娘の肖像画を得意としているらしい」

父の説明に首を傾《かし》げる。ジェンマはさほど絵画に詳しくない。今の流行もよく分からなかった。

「その方が描くと幸せになれると評判なの。あなたも聞いたことがあるでしょう？」

母に言われて、なんとなく思い出した。確か去年くらいから、ある画家に肖像画を依頼した娘たちが幸せになったという噂を耳にするようになった。

娘の結婚にあたり、持参金を用意できない貴族もいる。彼らは貴族の名を欲しがる商家と縁を結ぶことが多いが、商家はあっという間に没落することも珍しくない。ジェンマの友人の姉も貿易船で財《ざい》を築いた家の息子と結婚したが、事故で船を失い生活に困るようになったと聞いている。

だがその画家に肖像画を描いてもらった娘たちは、嫁ぎ先の商家がすぐに発展するそうだ。更に幸運を運んできた存在として、とても大事にされているという。まるでおとぎ話のような噂だから、ジェンマは気にも留めていなかった。だから続く父の言葉にも、反応ができなかった。

「お前の絵をその画家に頼んだぞ」

「……私の？」

首を傾げる。ジェンマの絵はもう既にあるのに、なぜ頼む必要があるのか。

「ああ。今回のことがあって、その……」

いつになく父の歯切れが悪い。口ごもる父の代わりとばかりに、食事を終えた弟が口を開いた。

「このままだとジェンマ姉さんは修道院だもんな」

その場が静まり返る。父と母の目が泳いだ。

「そうね」

ある年齢まで結婚できなかった娘の行き先は修道院だ。最近、ジェンマはそれもいいかなと思い始めている。絵のやりとりで決まる結婚よりも、修道院の質素な生活が自分に合っているかもしれない。

「そういうわけにはいかん。ジェンマには私がふさわしい貴族を選ぶ。そのためにも絵を新しくしよう。あの絵はよくない」

「そうよ。ジェンマのかわいさが伝わる絵にしましょう」

父と母は作ったような明るい声で言う。つまり両親は、三回も返されてしまった今の肖像画が気に入らないのだ。あの絵が破談の原因とさえ思っているのだろう。

絵を新しくして、何が変わるのだろう。

疑問を持ったジェンマが黙っていると、父はわざとらしい咳払いをした。

「とにかく、だ。お前は絵を描いてもらえ。先方は時間を作ってくれた。明後日、挨拶《あいさつ》をしてきなさい」

父のそれは命令だった。ジェンマに選択肢はない。

「はい」

素直に答えたジェンマに、父は満足そうな顔で頷いた。

「何を持っていけばいいの？」

食事を終えたジェンマは、侍女のエレナと相談しながら荷物の準備を始めた。出発は明後日の朝だから、今から始めても早くはない。

画家が住むのは、国のはずれにある山だという。その山にはアウレリオ伯爵家の別宅もある。日帰りも可能だけど、気が進まないと思う程度の距離だ。夜遅くに長距離を移動するよりは別宅に泊まれと父が言ったので、とりあえず一泊分の準備が必要だった。

山はここよりも少し季節が遅いところだ。着ていく服もそれにあった気候のものにする。明後日はまず画家へ挨拶するのだから、ふさわしいものを選ぶべきだろう。悩んだ末に、まだ仕立ててから一度しか袖《そで》を通していない青のドレスを選ぶ。

次は着替え分だ。並んだドレスに目を向ける。ジェンマは落ち着いた色が好みだが、衣服や装飾品を選ぶ時には母の趣味が反映されるため、持っているものはきらびやかなものが多かった。

「こちらはいかがですか」

エレナが手に取ったのは、返却された絵と同じドレスだ。

「それはいらないわ」

肌が美しく見えて気に入っていたけれど、もう着たくない。ジェンマは首を横に振り、並んだドレスに目を向ける。

「これはどうかしら」

仕立てたばかりのドレスを体に当てる。薄いグリーンのドレスは、胸元と袖のレース細工が気に入っていた。

「とてもお似合いですよ。それではこちらに合わせてご準備しましょう」

エレナがてきぱきと準備を始めるのを邪魔しないようにジェンマはそっとその場から離れる。椅子の上に置いてある肖像画には、静かに布をかけた。

「そろそろ出発いたします」

二日後の朝、ジェンマの部屋へ迎えに来たのは、父の側近の一人、タッデオだ。代々アウレリオ伯爵家に仕えている彼は、長身をたたむようなお辞儀《じぎ》をする。彼は十歳年上の長兄と同い年で兄弟のように育ったため、父も信頼している。

今回、画家への挨拶の付き添いはタッデオがしてくれることになった。弟も付いて来たいと言ったのだが、父に予定があるからと止められた。

「では行きましょう」

ジェンマは頷いて部屋を出た。廊下で会った母に挨拶をして、外へ出る。さわやかな朝の風が気持ちいい。

「こちらへどうぞ」

タッデオの手をかりて、四輪の馬車に乗りこむ。伯爵家の紋章がついた客車《きゃくしゃ》部分に深く腰かけた。

「閉めなくていいわ」

屋根部分は後ろに下げてもらったままにする。こうすると、街の様子がよく見えるだろう。

「かしこまりました」

二頭の馬の手綱《たづな》は、前輪側の御者《ぎょしゃ》台に座った馬従者が持つ。その隣にはタッデオが腰かけた。

出発します、という馬従者の静かな合図と共に、馬車は動きだした。

門扉が開く。ジェンマは門番に軽く手を振った。緩《ゆる》い坂道を下ると、貴族の館が立ち並ぶ地域に入る。高く似たような塀《へい》が続いているが、どこがどの貴族の家か、この道を通ることが多いジェンマはすっかり覚えてしまっていた。

やがて塀がなくなり、緩やかな水音が聞こえてくるようになる。大きな川にかけられた、人通りの多い橋の手前で、馬の速度が落ちた。

そこは白く真新しい門の前だった。見慣れた紋章がかけられている門を見上げる。ここはアウレリオ家の来客用の館だ。主に宴《うたげ》に使われているため、ジェンマはまだ数えるほどしか中へ入ったことがなかった。

タッデオが門番に一礼する。ジェンマは門番に微笑みかけた。自分たちの館で働くものには愛想よく、は母親からの教えだ。ジェンマは忠実に守っている。

深々と頭を下げる門番の前を通ると、馬は少し早足になった。がたがたと揺れながら橋を渡ったら、そこは国の中心部である大通りだ。この国のシンボルともいえる王宮と大聖堂が見える。

通りは人も馬車の数も多い。好奇心から、ジェンマはつい身を乗り出すようにして街並みを見てしまう。

ジェンマの生活は普段、家と友人宅、それに教会というごく狭い範囲の中で行われている。外へ出る時は両親のどちらかか、兄や姉が一緒だ。家族の付き添いなしにこうして出歩くのは初めてだった。

何もかもが真新しく見える。道端では自分と同じくらいの少女が果実を売っていた。おいしそうな桃《もも》を食べてみたいけれど、頼んでもタッデオが馬車を停めてくれないだろう。タッデオの真っ直ぐに伸びた背中を眺める。父が彼を同行させたのは、お目付役として最適だからに違いない。生真面目という言葉が服を着て歩いているような性格のタッデオが、ジェンマに寄り道を許すはずがなかった。

陽射しが強くなってきたので、途中で屋根をつけてもらった。馬車は通りの中心を走り、山を目指して進む。

大通りを抜けると、似たような塀が並ぶ地域に入った。退屈になったジェンマは、ぼんやりと山を見た。

この国のはずれにある山は、こちらから見れば緑に溢《あふ》れた恵みの山だ。実際にこの国の果実の大半はあの地方で収穫されていると聞く。だがこちらから見えない向こう側は切りたった崖《がけ》のような形をしていて、人が住めるような場所ではないらしい。

山が少しずつ近くなっていくのを眺めている内に、ジェンマは少し気分が悪くなってきた。挨拶のためときっちり着ていたドレスと、母に勧められて身につけてみた張り骨入りの下着がきついのかもしれない。

「ねぇタッデオ、馬車を停めて」

「どうかなさいましたか」

「少し気分が悪いの」

ジェンマがそう答えると、タッデオはすぐに従者と共に馬車を脇道へ寄せた。

「お察しできず申しわけありません。ただいま、お飲み物を用意しましょう」

「ありがとう」

水樽から水をもらって口にする。渇いた喉《のど》を潤《うるお》して、ジェンマは大きく伸びをした。ドレスの上から見えないようにそっと下着の位置を少しずらす。麻で作られた、張り骨入りの下着は体のラインを綺麗に見せてくれるというが、ジェンマは少し苦手だった。

「もう平気よ。行きましょうか」

あまりゆっくりしていては遅くなってしまう。

「かしこまりました」

馬車が動きだす。近づくにつれ、山の様子がよく分かるようになった。

中腹《ちゅうふく》あたりに、アウレリオ家の別宅が見える。ジェンマが子供の頃、夏はあの館で過ごすことが多かった。山のあたりは涼《すず》しくて夏の暑さをさほど感じずに過ごせるのだ。

馬車は山のふもとの村に入った。いよいよ山道の始まりだ。正面に見えていた山はいつしか右手に回っていた。それまで目に入らなかった急な斜面の上に、石造りの立派な城が姿を現している。

「あのお城！　アンドレアの家だわ」

アンドレアはジェンマの幼馴染《おさななじみ》だ。金色の髪に明るい緑の目が美しい少女を思い出して、ジェンマはつい声を上げていた。

「はい、あちらはヴェロネージ公爵様の居城です」

ヴェロネージ公爵家は、王家とも縁が深い名門貴族だ。一族から王妃や枢機卿《すうききょう》を輩出していて、国内での発言力も強い。

公爵の娘であるアンドレアはジェンマより一歳年下で、体が弱いため国の中心部にいる家族と離れ、気候のいいこの城に住んでいた。父を通じて知り合ったジェンマとアンドレアはすぐに仲良くなった。

アンドレアは城からなかなか出られなかったため、ジェンマが城へ遊びに行った。だから城へ向かう道のことも、よく覚えている。

「もしかして、あそこへ行くの？」

「そうです」

タッデオが短く答える。ジェンマはそこでやっと、自分が目的地をちゃんと把握《はあく》していなかったのだと気がついた。

あの城には今、誰がいるのだろう。アンドレアは五年前にここを出て、医療の発達した隣国で療養しているはずだ。何度か手紙をやりとりしていたが、それもこの数年は途切れている。

山のふもとから、右回りに緩やかな登り道を進む。途中の分岐点を左に進めば、アウレリオ家の別宅だ。幼い頃、何度もこの道を通った。別宅は幼いジェンマにはとても退屈で、アンドレアに会うのがなによりの楽しみだった。

城の全景が見えなくなると、道は険しくなっていく。深い堀と吊り橋は防御のためだと前に教えてもらった。この山の向こうは隣国だ。今は友好状態とはいえ、敵対していた過去もある。この城は砦なのだろう。

大きく高い門の前で馬車は停まる。門番にタッデオが話しかけると、すぐに門が静かに開いた。

「懐《なつ》かしいわ」

ジェンマは客車の中で身を乗り出した。

記憶と変わりのない風景がそこにあった。正面に高い塔《とう》がそびえる、石造りの堅牢《けんろう》な城だ。

広い長方形の中庭の中心には円形の噴水と初代ヴェロネージ公爵の彫刻《ちょうこく》が置かれている。

中庭に沿って道を進む。塔を挟んで左右対称の建物は同じような入口が連続していて、どれだけ進んでいるのかよく分からなくなる。

やがて小さく見えた塔が、地面と空を繋《つな》いでいるかのように大きく見えてくる。平坦に見えた道は緩やかな登り道になっていた。

塔の真下で馬車が停まる。ジェンマはタッデオの手をかりて馬車を降りた。

まだ日は高いところにあるのに、空気はどこかひんやりとしている。風がジェンマの長い髪を乱した。

「ようこそいらっしゃいました」

涼やかな声に振り返る。紋章の刻まれた扉の前に、美しい人が立っていた。光に輝く金色の髪、吸いこまれそうな緑の瞳。わずかに幼さが残る頬のライン。

「久しぶりだね、ジェンマ」

名前を呼ばれて、ジェンマは目を見開いた。

「僕のことは忘れたのかな？」

わずかに首を傾げ、口角《こうかく》を引きあげる。その笑い方を、ジェンマはよく覚えていた。

「……アンドレア？　もしかしてあなた、アンドレアなの？」

「そうだよ、ジェンマ」

駆けよって抱きつこうとして、ジェンマは足を止めた。アンドレアの目線が自分よりもかなり高い。細く見えた体は、そばに行けばそれなりの厚みがある。

いつもかわいらしいドレスを着ているアンドレアを、ジェンマは女の子だと思っていた。でも目の前にいるアンドレアは、どう見ても男だ。

「どうしたんだい、そんな顔をして」

アンドレアはその場に跪《ひざまず》くと、ジェンマの手の甲に口づけた。貴族の男性の挨拶だ。

「会いたかったよ、ジェンマ」

見上げてくる笑顔は、昔と同じだ。ジェンマはゆっくりと瞬いた。

「本当にどうしたのかな？」

固まったままのジェンマの顔を、アンドレアが覗きこむ。

「……あなた、女の子じゃなかったの？」

「は？」

アンドレアが目を丸くする。その驚いた表情も、ジェンマはよく知っていた。

「だってあなた、いつもかわいいドレスを着ていて……」

「体が弱いから、女の子として育てられたんだよ。君は知っていると思っていたんだけど」

今度はアンドレアが戸惑った顔をした。確かに、この国の一部にそういった風習があるのは知っている。でもまさか、アンドレアが女の子じゃないなんて。

「知らなかったわ。ああ、でも、……元気そうで、よかった」

手紙が途切れた時、ジェンマはアンドレアの体調が深刻なものではないかと心配していた。悪い知らせがないのはいいことだと思うしかなかった。

だけど目の前にいるアンドレアは、血色もよく健康的だ。柔らかな声にも張りがある。

「うん、今はすっかり元気だよ。君のおかげで」

「私の？」

「そう。とにかく話したいことがたくさんあるから、まずは中に入ろうか」

ジェンマはアンドレアのエスコートで、城の中へ足を踏み入れた。冷えた空気が懐かしい。音のない、静かな城だ。

「お待ちしておりました」

扉の脇に、白いひげをたくわえた初老の男性が立っている。深々と頭を下げた彼は、アンドレアの侍従のジューニだ。ジェンマの記憶の中とほぼ同じ姿で、彼だけ時間が止まっているかのように見えた。

「まあ、ジューニ。久しぶりだわ。あなたは全く変わらないのね」

「ありがとうございます。ジェンマ様はいっそうお美しくなられて」

目を細めたジューニに、ありがとうと微笑む。昔の自分を知っている彼にそう言われるのは嬉しくて、でもちょっと、照れてしまう。

「ジューニも君に会いたがっていたんだよ。さあ、こちらへ」

天井に紋章が描かれた間を抜けると、陽射しの差しこむ内庭が見えた。ここは昔、アンドレアとよく遊んだ場所だ。そこを左に曲がると、ヴェロネージ家の住居がある建物に繋がる。

ジェンマは肖像画が飾られた廊下を、アンドレアの背を追いかけるようにして歩いた。後ろにタッデオとジューニが続く。

飾られている絵は歴代の当主とその家族だろう。アンドレアの父・ヴェロネージ公爵の顔を見つけた。近づいたジェンマは軽く眉《まゆ》を寄せる。公爵の隣、絵があるべきはずの場所がぽっかりと空いていたのだ。ここには確か、アンドレアと彼の両親、兄との家族絵があった。それがどうして、外されているのだろう。

「……どうしたの？」

アンドレアの声で我に返った。なんでもない、と首を横に振る。余計な詮索《せんさく》は失礼だ。

「こちらへ」

通されたのは親しい来客用の応接間ではなく、家族用の談話室だった。細工を施した豪華な椅子に見覚えがある。

「この部屋、覚えているかな」

ジェンマは室内を見回した。家具の配置は換わっているが、色数を抑えた優しい室内の雰囲気はそのままだ。隅に置かれた天使の彫刻も記憶のままだった。

「覚えているわ。ここでよく一緒にお菓子を食べた」

「そうだね。君はタルトが好きだったね。すぐに用意しよう。ジューニ」

「はい、お持ちいたします」

ジューニが一礼して部屋を出て行く。タッデオは扉脇に控えていた。

「遠かっただろう、疲れたかい」

「いいえ、大丈夫よ」

道中で気分が悪くなったことは言わず、ジェンマはアンドレアに勧められた椅子に腰かけた。

「まずはわざわざ来てくれてありがとう」

「まさかあなたに会えるとは思ってなかったわ」

この城にやって来た本題を思い返しながら、ジェンマはそう返した。自分の肖像画を描いてもらう予定が、アンドレアとの再会という思わぬ方向に進んでいる。その画家はこの城で生活しているのだろうか。

「驚かせたかったんだ。僕は君のご両親から話は聞いているよ」

アンドレアはゆっくりと足を組んだ。椅子に背を預けた彼は、ジェンマの目を真っ直ぐに見て口を開いた。

「ご両親からは肖像画を描いて欲しいと依頼されている。それについて君の気持ちを正直に教えて欲しい。質問に答えてくれるかな」

依頼という単語がアンドレアから出てきた。貴族が専属の画家を抱えるのは珍しいことではないから、画家の窓口が彼なのだろう。そう解釈《かいしゃく》して、ジェンマは姿勢を正した。

「なにかしら」

「君は結婚したいのかい」

真っ直ぐな目を向けられ、ジェンマは黙った。すぐには答えられない。ちらりと背後を窺う。ちょうど飲み物が運ばれてきたようで、タッデオはそちらに意識を向けていた。小声で話せば、きっと彼の耳には届かないだろう。

これは本心を打ち明けられる、いい機会に思えた。

「……しなきゃいけないとは思っているの」

アンドレアにだけ聞こえるような小さな声で言った。声が届いたのか、うん、と彼は頷いてくれた。だからジェンマは、少し俯《うつむ》いてから続けることができた。

「でも、不安だわ。……実は私、三回も断られていて」

羞恥《しゅうち》に頬が熱くなる。笑われてしまうだろうか。アンドレアが何も言わないことに戸惑い、顔を上げる。

「そう。縁がなかったんだね」

アンドレアがなんでもないことのようにそう言ってくれた時、甘い香りと共にテーブルへ飲み物が運ばれてきた。

「失礼いたします」

ジューニが金色の縁取りがついたカップを置いた。チョコラータだ。続いて一口大の大きさのタルトが置かれる。プラムにレモン、桃がのせられたタルトだ。

「ありがとう。このタルト、変わらないわね」

記憶と同じ菓子が並んだ皿に、ジェンマの頬は緩んだ。

「君が好きだったのはプラムだったかな。どうぞ召し上がれ」

「ええ、いただくわ」

勧められたらすぐにいただくのがマナーだ。ジェンマはまず、大好物のプラムのタルトを口にした。さっくりとしたタルトにまでじんわりと甘く煮たプラムの味が染みている。素朴で懐かしい味だった。

「この時間にチョコラータは変かな？」

「いいえ、とても嬉しいわ」

カップに入ったチョコラータに口をつける。独特の香りと甘さ、そして温かさにジェンマはほっと息をつく。久しぶりに馬車で遠出をして、自分で思ったよりも疲れていたようだ。

「おいしい」

「気に入ってくれて嬉しいよ」

アンドレアもカップを手に取った。わずかに目を伏せて飲む姿は、幼い頃と変わらない。昔と同じ部分を見つけただけで、ジェンマは嬉しくなった。

一息ついたジェンマは、こちらをじっと見ているアンドレアの視線に気がついた。そう言えば、話が途中だ。

「ごめんなさい、話を続けましょう」

アンドレアは頷くと、カップを置いた。

「君は結婚のために肖像画を用意することに異存はないんだね」

「……」

ジェンマはすぐには何も返せなかった。その迷いが答えだとアンドレアは判断したのか、彼は組んでいた足を戻して、身を乗り出してくる。

距離が一気に縮まった。ふわりと鼻をくすぐった香りに覚えがある。でも香水の類《たぐい》ではない。その正体をジェンマが考える前に、アンドレアが口を開いた。

「質問を変えよう。君には結婚したいと願う相手がいる？」

「いいえ」

その問いにはすぐ答えられた。結婚は父が決めるものだから、願う相手を持つ必要性はないと思っている。貴族の娘たちの中には好きな相手と結婚したいという者がいるそうだが、ジェンマにはよく分からないことだ。

恋焦《こいこ》がれる、という気持ちをジェンマは歌劇の中でしか知らない。

「では、お父上が選ばれた方なら誰でもいいということかな」

「そう、……あるべきと、思っているわ」

でも、とジェンマは小さな声で続けた。

「三回も絵を見て断られて、よく分からなくなってきちゃった。もし、絵が実物よりもとてもよくてそのまま結婚していたら、……私は、幸せになれたかしら」

幼い頃によく食べた味が、ジェンマの心を緩めたのだろうか。気がつけば、誰にも打ち明けていない本心を口にしていた。

「それは分からないね」

アンドレアは静かに首を振る。そうだ、確かに考えても分からないことだ。それでも、とジェンマは唇を嚙《か》む。ありえなかった未来を想像してしまうのは、なぜだろう。

「ただ、君の不安は理解できるよ。そんな相手を認めたお父上が、次はどんな相手を選ぶのか、その相手で幸せになれるのか、疑っているんだね」

アンドレアの指摘は的確だった。ジェンマは父をとても尊敬している。少し前までは、父が決めた結婚なら幸せになれると信じていた。三回も断られるまでは。

「言葉はよくないかもしれないけど、そうね、疑っているのかもしれない。だって三人連続なのよ」

勢いのまま、ジェンマは黙って続きを促《うなが》してくれるアンドレアに向けて続ける。

「会って断られたなら納得するわ。でも、絵を見て判断されるのは、……うまく言えないけれど、とても納得できることではなくて。それが続いて、何を信じたらいいのかよく分からないの」

誰にも言えず抱えていた気持ちを言葉にできて、少し楽になる。ほっとしたのか喉が渇いて、ジェンマはチョコラータに口をつけた。

「もしかして、お父上が肖像画を新しくすることで解決すると思っているのも気に入らない?」

「……」

ジェンマは中身の入ったカップを零《こぼ》さないようにゆっくりと回した。アンドレアの言う通り、父も母も絵が問題であるかのように考えている。でも実際の問題は、絵ではないはずだ。

「絵に、自分の運命を決められていいのかしら」

ぽつりと呟いた言葉が震えた。ジェンマはずっと、その点が心にひっかかっていた。

「僕もそう思うよ」

アンドレアは微笑む手前のような顔をして頷いた。

「肖像画はそこに人がいるから存在できるものだ。絵が人を越えるのは、思い出になった時だけだよ」

笑みがアンドレアの顔から消えた。伏せた眼差しにジェンマは言葉を失う。わずかに寄せられた眉に引き締められた唇が、とてもいやらしいものに見える。直視するのがはばかられて、視線を外した。

「とにかく」

アンドレアはわざとらしいくらいに明るい声を上げた。沈んでいた空気が一瞬にして華やかに色づく。

「君が何を考えているのかは分かった。この依頼を引き受けるよ。君を美しく描くと約束しよう」

「描く……？」

言われたことが理解できず、ジェンマは聞き返した。アンドレアにはその反応を予想していたのか、満足そうな笑顔を浮かべる。

「君の肖像画を依頼されたのは、この僕だ」

「……どういうこと？」

意味が分からず首を傾げる。父からは有名な画家に肖像画を頼んだと聞いている。その画家に指定されたのがこの城ということすら、ジェンマはよく知らずに来た。アンドレアの態度から彼がその画家の窓口になっていると考えていたが、どうやら違うようだ。

「僕がその画家だよ、ジェンマ。改めてよろしく」

まさか、とまず思った。目の前にいるアンドレアと、画家という職業が結びつかないのだ。ジェンマが知る画家は父の知り合いばかりだったせいか、年配の男性が多かった。

「……う、そ……」

「嘘なんてついていないよ。僕は今、ここで絵を描いて暮らしている。得意なのは女性を描くことだ。僕が絵を描くと、その女性は幸せになると言われている」

「あなたが……？」

まさか、という言葉が口から出そうで、慌てて飲みこんだ。疑うのは失礼だ。

「信じられないかい？　まあ、無理もない。でも今はまず、契約の話を進めたいな」

「契約？」

「そう。君の絵を描く条件がひとつある」

アンドレアはジェンマの目を見た。視線が絡《から》む。彼はゆっくりと瞬きをしてから、その薄い唇を開いた。

「絵が出来上がるまで、ここに留まっていてくれないか。絵はなるべく早く描き上げると約束しよう。他の依頼もあるから、今しか時間がとれないんだ。どうかな？」

この近くには父の別宅もある。しばらく特に大きな予定もない。ジェンマには断る理由が見つからなかった。

「私は構わないわ。ここなら父の別宅から遠くないから。タッデオ、大丈夫よね？」

振り返り、壁の近くにずっと立っていたタッデオに声をかける。

「もちろんでございます」

「じゃあこれで契約は成立だ。早速だけど、君に見せたいものがある。一緒に見に行こう。そのタルトを食べてから」

さっさとそう決めてしまったアンドレアがタルトに手を伸ばした。

「そうね、まずはこれをいただくわ」

ジェンマもレモンのタルトを手に取った。一口齧《かじ》る。酸味が強いが後からほんのりと甘さがやってくるのがとてもおいしい。懐かしい味が、話の展開がよく分からずに戸惑っていたジェンマを落ち着かせてくれた。

まさかあのアンドレアが、こんなに美しい男性に成長して、画家になっているなんて思わなかった。想像していなかったことばかりでどこに驚いていいのかも分からず、かえって冷静になれる。

「じゃあ行こうか」

ジェンマがチョコラータを飲み干したタイミングでアンドレアが言った。

「案内したら戻ってくるから、ここで休んでいて」

アンドレアが声をかけた先はタッデオだ。タッデオは少しの間の後、かしこまりましたと頭を下げた。

「さあ、まずは僕が画家だということを君に証明しよう」

廊下に出たアンドレアは軽やかな足取りで先に進む。途中にある階段を上る時は手を貸してくれた。昔はジェンマがアンドレアに手を差し出していたのに、逆になってしまった。それがちょっとだけ寂しい。

握った彼の手は大きくて、少しだけかさついていた。男性の手だ。

「何を見せてくれるつもりなの」

「僕の絵さ。……ここ、入って」

アンドレアが扉を開ける。大きな窓のあるその部屋に一歩入った瞬間、ジェンマに震えが走った。

ここを、覚えている。天井と壁、床の模様に目を見開いた。眠っていた記憶が音を立てて蘇《よみがえ》ってくる。

アンドレアが幼い頃、この部屋で絵を描いていた。その場面が一瞬にして目の前に広がった。そうだ、アンドレアは描きあがった絵を見せてくれた。ジェンマが褒めたら、喜んで言った——。

「ねぇ、覚えているかしら。あなたはいつか私を描くと言ってくれたわ」

「覚えているよ。あれからずっと、僕は絵を描いていた。やっと、……君を、描けるね」

目を細めたアンドレアがさあ、と手招《てまね》きする。どうやらここは彼のアトリエらしい。絵の具の独特なにおいがする。

これだ、とジェンマは思った。さっきアンドレアからしたのはこの、絵の具のにおいだ。

「君に見せたくて用意したよ。たくさんあるから」

壁際には、たくさんの絵が置かれていた。人物もあれば風景や物語の一部もある。キャンバスや板に描かれたその世界に、ジェンマは目を奪われた。

「素敵……」

一枚ずつ、じっくり見せてもらう。見上げるほど大きい絵もあれば、ジェンマの腕に収まりそうな小さいものもあった。どれもが緻密《ちみつ》で繊細だ。人物画は今にも話しかけてきそうで、風景画は窓の向こうにその景色が広がっているような錯覚に襲われる。

「……すごい」

ごく単純な賛辞しか口にできないのがもどかしい。絵画に特別な思い入れはなかったけれど、これらの絵がどれも、素晴らしいものなのは分かった。

特にジェンマが惹かれたのは、人物の目だ。深く、鮮やかで、輝いている。まるでその人がそこに生きているかのようだ。

誰かに見られている気がして振り返る。奥の扉を塞《ふさ》ぐように、女性の肖像画が置かれていた。ほんのりと薔薇色に染まった頬と青い瞳は今にも声を立てて笑いだしそうなほど生気が満ちている。

この絵に比べたら、自分の肖像画はどうか。返された絵を思い出したら憂鬱《ゆううつ》になりそうだ。考えるのをやめて、ジェンマは絵を見ることに集中した。

見覚えのある景色が目に留まる。これはこの城の裏庭だ。確かこの部屋から見えるはずと窓に顔を向けたジェンマは、アンドレアが窓枠に手をついているのに気がついた。

アンドレアは遠い空を眺めていた。日が沈み始めていて、オレンジの光が彼の横顔を照らしている。いつの間にか時間が経っていたようだ。

「アンドレア」

静かに近づいて声をかけると、彼は振り返った。光を背にしているから、表情はよく分からない。

「なんだい、ジェンマ」

「どの絵も素敵だったわ。見せてくれてありがとう」

さらに一歩近づくと、アンドレアが穏やかな笑みを浮かべているのが分かった。

「僕が描いたと信じてくれた?」

窓枠から手を離したアンドレアに問われ、ジェンマは大きく頷いた。

「もちろん。どれも繊細で美しくて、あなたらしいわ」

ジェンマの記憶の中、アンドレアは少女の姿をして一生懸命に絵を描いている。当時から、服の模様や動物の毛並みにこだわっていた。

「よかった。この他にもたくさんあるから、見て欲しいな」

「ありがとう、嬉しいわ。でも絵を見ていたらあっという間に時間が経ってしまって、もう日が沈みそうなの」

別宅は近いとはいえ、山道を通ることになる。暗くなってしまってからより、まだ日の光がある内に移動したほうがいいだろう。そう考えて、ジェンマは言った。

「そろそろ失礼するわ。長居してごめんなさい」

「……ああ、もう夜が来るね」

アンドレアは空をちらりと見てわずかに口角を上げた。

「食事を用意してあるから、食べていって」

「お誘いありがとう。……でも、申しわけないわ」

招待状もなしに食事の席につくのは躊躇われ、断る。だがアンドレアは肩を竦《すく》めてジェンマの憂《うれ》いを一蹴《いっしゅう》した。

「客人をもてなさずに帰すなんて無礼なことはできないよ。僕の名誉のために、食事をどうぞ。そろそろ準備はできているはずだから」

ほら、と手を差し出された。

「……でも」

「いいから、君のために用意したんだよ」

返事を待たずにアンドレアはジェンマの手をとった。軽く引っ張られ、踊《おど》りだす時のように足を踏み出した勢いで、ドアへと向かう。そのまま二人でアトリエを出た。

廊下は静かだった。楽しげな様子を隠さないアンドレアに連れられて、階段を下りる。

子供の時もこうして城内を歩いた。探検と称して扉を開けて、気がつけば知らない部屋に紛《まぎ》れこんで戻れなくなったこともある。狭くて光の当たらないその部屋は、今なら使用人用と分かるけれど、当時はとても怖かった。薄暗い部屋で二人とも泣きそうになっていた時、ジューニが探しにきてくれた。

あの時、泣くのを堪えてジェンマの手を摑《つか》んでいたアンドレアは、かわいらしい少女だった。守らなければ、なんて気持ちを抱いたことを思い出すと、くすぐったい気持ちになる。

アンドレアに続いて階段を下り、廊下を通った。こっちだと手を引かれて、夕食用の部屋に案内される。壁にも長テーブルにも花が飾られた華やかな空間だ。

両親とこの城に招かれた時も、この部屋に案内された。あの時は音楽家も呼んだ盛大な食事会だったけれど、今日はテーブルに二人分の用意がしてあるだけだ。それでも、二人で食事するには充分すぎるほどの豪華さだ。

「タッデオはどこかしら」

準備をしているジューニに声をかける。食事の件をタッデオに確認しておきたかった。

「馬車でご帰宅の用意をされていましたので、食後にされてはどうですかとお声がけしました。そろそろいらっしゃると思います」

「ああ、来たよ」

ジューニの声にかぶせるようにアンドレアが言った。開いた扉からタッデオが入ってくる。

「ご用でしょうか」

「ええ、お食事に誘われたことを話そうと思って」

「伺っております。私どもにまでご用意いただきありがとうございます」

タッデオの言い方からすると、彼と馬従者分も用意してもらえるようだ。ジェンマは胸を撫《な》で下ろした。家に仕えている者にはけして衣食住に不自由をさせるな、彼らの存在をいつも心に留めておくように、と両親にきつく言われているのだ。

「うちの料理人が腕をふるいます。ぜひお召し上がりください」

ジューニにまで誘われてしまったら、断れない。ジェンマは食事に招かれることにした。

「お誘いありがとうございます」

「さあ、堅苦しい挨拶はいいから、席について」

アンドレアに促されたジェンマは、タッデオの手をかりて席についた。

長いテーブルを挟んでアンドレアと向かいあう。少しして、食事が運ばれてきた。

葡萄酒《ぶどうしゅ》はすぐに酔《よ》ってしまうので最初の一杯だけにして、レモンの入った水をもらう。

「口に合うといいんだけど」

アンドレアは少し心配そうに聞いてきた。

家族がいない場所で食事をするのはめったにないから、ジェンマは緊張しつつ豆とナッツとアーティチョークのサラダを口にした。

「とてもおいしいわ」

新鮮な野菜にオイルと塩のサラダはジェンマの好みだった。金色の装飾が施された皿も飾り付けも素敵だ。

サラダの次に鶏と野菜のグリルを口にする。香辛料が利《き》いていて、あまり食べたことがない味だった。

「辛すぎないかい？」

「平気よ。この赤いのがスパイスかしら？　初めて食べるわ」

口に入れた瞬間は辛く感じる。でもチキンを噛んだからその辛さがおいしさに変わって、頬が緩んだ。

「そう、東の国のものだよ」

「東の国？」

ジェンマは手を止めて聞き返す。最近は他国との貿易が盛《さか》んで、新しいものが手に入るようになった。その中でもスパイスの類は次々と他国から持ち込まれているので、食べたことのない料理に出会う機会は増えた。

「食べると体が熱くなるそうだ。僕はこれが好きなんだ。君も気に入ってくれると嬉しいな」

「……野菜もおいしくなるのね。私、この味は好き」

ジェンマは素直に感想を言った。食べなれた野菜に辛味《からみ》が加わって、まるで知らない食材になったかのようだ。

「よかった」

アンドレアはゆったりとした手つきでチキンを口へ運ぶ。彼の分はジェンマのよりもスパイスをきかせているのか、赤の色が濃かった。

和やかに食事が進む。アンドレアはうるさくない程度に会話を続けてくれる。ジェンマも楽しくなって、いつもなら一杯で終えるレモン水をおかわりした。

皿が片付けられ、最後のナッツとチーズをジューニが運んで来た時、何かがうなるような低い音と、高い音が響いた。

「この音は……？」

あまりに大きな音に驚いて、ジェンマは室内を見回した。どこから聞こえてきたのだろう。

「嵐だ」

アンドレアは静かに答えた。

「え、嵐？」

「そう。これは強い風と雨の音だよ」

窓を見て軽く眉を寄せたアンドレアは、脇に控えていたジューニに対して頷いた。ジューニがたっぷりとしたドレープのあるカーテンをめくる。

「あ……」

窓ガラスが揺れていた。窓のそばに明かりがなくとも、雨が激しく打ちつけているのが分かる。

「ここまでひどいと、外に出るのは危険だ。今夜はここに泊まるといい。部屋を用意させるよ」

　この天気の中、別宅までの山道を馬車で走ることは無謀《むぼう》に思える。ジェンマはそばに立っているタッデオに視線を向けた。

「いいのかしら」

　相談するような口調になったのは、宿泊を自分で決めていいのか判断がつかなかったからだ。タッデオは窓の外を見て眉を寄せた。

「この天気で馬車を走らせるのは危険です。ご配慮に甘えさせていただきましょう。……どうぞよろしくお願いいたします」

　タッデオが深々と頭を下げた。

「構わないよ、君たちも大事なお客様だ。部屋の用意は後にして、まずは食事を楽しもう。ね、ジェンマ」

「そうさせていただくわ」

　嵐はひどくなる一方だ。ジェンマとアンドレアが食後に甘く煮たナッツを食べ終える頃には、窓が飛ぶのではないかと思うほど雨風が強くなっていた。

「では、君を部屋に案内しようか」

「お願いするわ」

ジェンマは立ち上がった。控えていたタッデオも立ち上がる。それを見たアンドレアが小さく笑った。

「ああ、あなたはどうぞ、うちのジューニと共にお食事を」

「しかし」

「ジェンマのことは僕に任せて」

アンドレアが長身のタッデオをじっと見る。静かな迫力をタッデオは受けとめ、引きさがった。

「それでは、よろしくお願いします。ジェンマ様、後ほどお部屋までお荷物をお運びします」

「ええ、お願い。急がないから、ゆっくり食べてね」

「お気遣いありがとうございます」

タッデオが壁際に下がる。ジューニがアンドレアに手持ちの燭台《しょくだい》を渡した。

「では行こう」

タッデオはジェンマがここにいる限り食事をしないだろう。ジェンマはアンドレアに続いて部屋を出た。

ろうそくの光が揺れる廊下を、アンドレアに続いてゆっくりと歩く。ひっきりなしに強い風が吹き、硝子《ガラス》の震える音が聞こえて少し怖い。

「君にはこの部屋を使ってもらいたい」

アンドレアに案内された部屋は、アトリエと同じ階だった。扉を開くと、寝台にソファ、机が置いてある。

寝台はジェンマが普段使っているものよりも大きかった。周囲を覆うように白い布がかかっている。そのおかげで、あまり暗くは感じない。

「ここに明かりを置くよ」

アンドレアは寝台脇のテーブルに燭台を置いた。

「ありがとう。素敵なお部屋ね」

壁には果物の絵がかけられていた。アンドレアが描いたものだろうか。

「今日は疲れただろうから、ゆっくり休んで。必要なものがあったら持ってくるから、このベルを鳴らして。ただこの嵐だから、大きく鳴らさないと聞こえないかもしれないけれど」

燭台の隣に大きなベルが置かれているのが目に入った。

「分かったわ」

アンドレアは室内を確認するようにぐるりと見回した。寝台にかかった布のドレープが気になったらしく、形を整えている。

「じゃあ、またあとでゆっくり話そうか」

満足がいく出来になったのか、アンドレアは布から手を離した。

「ええ。よい夜を」

おやすみの挨拶をする。アンドレアは頬を緩め、ジェンマの頬に自分の頬を軽く寄せてから、部屋を出て行く。

一人になったジェンマは、寝台に腰かけた。

めまぐるしい一日だった。絵を描いてもらうために来たら、幼馴染のアンドレアと再会した。妹のように思っていた彼が実は男性で、しかも絵を依頼した画家だという驚きの連続が、まだ信じられない。夢を見ているかのようだ。

ぼんやりと座っていたジェンマが我に返ったのは、窓の揺れる音だった。風が強くなっているようだ。

燭台の明かりを頼りに、外を見た。こんな嵐のような天気がくるなんて思わなかった。

一人でいるのに心細さを感じる。ジェンマは目についたベルを手に取った。細かな細工に目を凝らす。持ち手の部分には天使がいた。音が鳴らないように抑えながら、天使を撫でる。

少し気が紛れたところで、ドアが二回、間を置いて一回の計三回、ノックされた。このノックは、タッデオだ。

「――失礼します。お荷物をお持ちしました」

荷物を馬車から下ろしに行ってくれたのだろう。タッデオの髪や衣服が濡れている。

「ありがとう」

荷物を早速開ける。中を確認し、明日の着替えを用意しながら、ジェンマはタッデオに声をかけた。

「もう大丈夫よ。あなたもゆっくり休んで。お部屋をいただいたんでしょう？」

「しかし」

タッデオは室内を見回した。ジェンマを心配しているのだろう。少しでも不安を訴えたら、彼の性格からしてソファか床で寝かねない。

「一晩くらいどうにでもなるわ。もう眠るつもりだから安心して」

「かしこまりました。私はこの部屋の真下を使わせていただくと聞いております。何かありましたらベルを」

「分かったわ」

そう答えないとタッデオが引きさがりそうにないので、ジェンマは笑顔で頷いた。

「それでは、おやすみなさいませ」

タッデオが部屋を出て行く。ジェンマはふぅ、と息を吐いた。

「あ……」

ドレスを脱ぐのを手伝ってもらえばよかった。背中のリボンに手を回す。なんとか一人で解いて脱いで、下着姿になった。下着から張り骨を抜くと、体がとても軽い。

寝具を整え、ジェンマは寝台の真ん中に横たわった。一人で過ごす夜は新鮮だ。普段なら侍女のエレナがいつもそばにいる。

開放的な気持ちになって、行儀が悪いと思いつつもベッドをごろごろと転がってみた。ただそれだけでも楽しい。

何度か繰り返してから、枕を好みの高さにする。ちょうど燭台の火が消えたので、ジェンマは目を閉じた。

疲れていたのか、肌触りのいい寝具に身を預けたら、あっという間に睡魔《すいま》が訪れた。逆らわずにそのまま深い眠りにつこうとしたその時、低く重たい音が響いた。

ジェンマが目を開けた瞬間、鮮烈な光が窓の外に走った。昼間のような明るさで一気に目が覚めた。これは雷の音だ。風はいっそう強くなっている。

「っ……」

がたがたと窓が揺れ、ジェンマは体を丸めた。雷は苦手だ。早く聞こえなくなるといいのにと思いながら、寝具に頭まで潜りこむ。

また低い音がした。窓の震える音がする。その中に混じって、誰かの声がした。

「ジェンマ、まだ起きているかい？」

アンドレアだ。ジェンマは体を起こした。

「起きているわ。どうしたの？」

「入るよ」

返事をする前に扉が開く音がした。ジェンマは慌てて、下着姿の体を寝具で隠す。

「どうしたの、こんな時間に」

「あとで話そうって言ったよね？　話しにきたんだ」

寝台を囲っている白い布の向こうに、燭台の炎が見える。止める間もなく、布がめくられた。燭台を片手に持ち、夜着なのか装飾のない衣服をまとったアンドレアが立っている。

「一緒に寝ながら話をしよう」

「え？」

ジェンマは耳を疑った。アンドレアが何を言っているのか、理解できなかった。

「昔はよく、一緒に寝たよね。それと同じだよ」

燭台をテーブルに置いたアンドレアが、まるでそうするのが当然とばかりに、寝台に膝をついた。

「そ、それは、幼い頃の話よ。私があなたを女の子だと思っていた頃の……」

「あの時の僕と今の僕、何が違うのかな？」

アンドレアは、するりと隣に横たわった。男性と寝台を同じくするなんて信じられない。咄嗟《とっさ》に逃げようとしたジェンマの寝具をアンドレアが摑む。

「君のことをたくさん教えて欲しいな。いっぱい話そう」

枕に顔を預けて無邪気に笑いかけられて、ジェンマは瞬いた。警戒は緩めずに、彼の顔を窺う。

「話すって、何を……？」

「なんでもいいよ。何か聞きたいことがあるなら言って、なんでも答えるよ」

軽く首を傾げて、口角を上げる。昔と同じ笑い方をされ、ジェンマは目を細めた。アンドレアは子供の頃のような無邪気な気持ちで、部屋に来たのだろう。あまり拒むのは彼を傷つけるかもしれない。

ジェンマは寝台に体を沈め、寝具を摑んでいたアンドレアの手を解いた。話を聞くと言う意思表示が伝わったのか、アンドレアは手を引っ込める。

「……聞いても、いいかしら」

ジェンマは枕を胸元に抱え込んだ。

「もう病気はいいの？」

失礼な質問かもしれない。だけどジェンマは聞いておきたかった。最後にもらった手紙では、アンドレアは隣国で治療をするという話だったから。

「うん。元気になったよ。……君のおかげで」

「私？」

アンドレアは再会した時にも、ジェンマのおかげだと言った。この数年は会うことすらなかったのに、どうして私が。ジェンマがそう問おうと口を開いた瞬間、だった。

低い、ゴロゴロという音がすぐ近くで聞こえた。ジェンマとアンドレアが顔を見合わせた時、閃光《せんこう》が目の前を走る。

「……っ」

声も出なかった。驚きに固まっていると、大丈夫だよ、とアンドレアが微笑んだ。

「今も雷が怖いのかな？」

「……好きだったことはないわ」

ジェンマは雷が苦手だ。幼い頃、この城近くの別宅にある木に落ちたのを見てしまったせいだった。でもそれをはっきりと口にしたことはないから、知っているのはその日に別宅にいた母と姉に弟、そしてアンドレアくらいだろう。

「……っ……」

再び雷が落ちた。夜とは思えない明るさにジェンマは唇を噛む。震えるのを堪えていると、アンドレアの手が伸びてきた。

「大丈夫、僕がついているよ。しばらくこうしていようね」

アンドレアはジェンマの手をとると、指を絡めてきた。彼の手が温かくて、心地よい。

ジェンマはその手を解かず、アンドレアを見つめた。

優しく見守るような眼差しに、下心のようなものは感じない。ジェンマにとってアンドレアが妹であったように、彼にとってジェンマも姉のような存在なのかもしれない。彼の距離の近さは家族に対するものだと納得したら、力が抜けた。

「怖いなら、耳を塞いでいようか？」

ジェンマは首を横に振った。だけどほんの少しだけ、アンドレアに近づいた。

「じゃあ、話の続きをしよう。気が紛れるだろう。ああそうだ、君の家族は元気かい？」

雨と風が叩きつける音を聞きながら、たわいもない話をした。お互いの家族のことや、毎日何をしているのか。

ジューニが銀製品を磨《みが》くのが好きで、そのために銀の食器を増やしていると聞いて、

ジェンマは笑ってしまった。

「もう、平気かい」

アンドレアの指がジェンマの髪に触れた。

「……たぶん」

窓に目を向ける。雨風の勢いは少しずつ収まってきているようだ。

「じゃあこのまま眠ろうか。昔はよく、こうやって手を繋いで眠ったよね」

「あ、あれはお昼寝よ」

アンドレアと遊んでいる内に眠くなって、一緒に昼寝をするのは珍しいことではなかった。いつも身を寄せ合って、手を繋いで、それが当たり前だった。

でも、今は二人とも子供ではない。お互いに家族のようだと思っていても、年の近い異性と同じ寝台で眠ることはふしだらではないのか。

ぐるぐると考えているジェンマをよそに、アンドレアは目を閉じた。

「おやすみ、ジェンマ。よい夢を」

「……おやすみ、アンドレア」

すぐに規則的な寝息が聞こえてくる。本当に眠ってしまったのか。ジェンマはすっかり闇に慣れた目で、少しだけアンドレアに近づいた。彼の胸が穏やかに上下している。

目を閉じると、まだほんの少し、幼さが残っている顔立ち。今ならば女の子と間違えることはないだろう。それでも、ジェンマにとってアンドレアは、かわいい妹だ。

同じ寝台にいることを、一瞬でも警戒した自分が恥ずかしい。彼はきっと、雷が苦手なジェンマを心配して部屋に来てくれただけなのに。

繋いだ手をそっと握り、ジェンマは目を閉じた。窓を揺らす風も、落雷の音も、不思議なほど怖くない。

その夜、ジェンマは夢を見た。太陽の光を浴びながら、隣に立つ誰かの温もりにほっとする、穏やかな夢だった。


瞼《まぶた》の向こうが明るい。沈んでいた意識を引っ張られる感覚にジェンマは身を委ねる。きっともう朝だ。肩先が冷たいのは、寝具から出てしまっているせいだろう。無意識に寝具に潜りこもうとすると、頬に何かが触れた。

頬をそっと撫でられている。心地よい温もりに懐くようにすり寄ると、小さな笑い声が聞こえた。

誰の声だろう。ゆっくりと目を開けたジェンマは、アンドレアの満面の笑みに驚いて固まった。

どうしてこんな、息も触れ合うような距離に彼がいるのか。どくん、と胸が音を立てた。

「おはよう」

柔らかく優しい声がかけられる。ジェンマは何度か瞬いた。そうしてやっと、今の自分がどんな状況かを理解した。

昨夜、この寝台の中でアンドレアと話した後、そのまま眠ってしまったのだ。繋いでいた手は解かれていたが、あとはそのままだ。

「あの、ええっと」

慌てて手近にある寝具を引き寄せて、体を覆う。首筋に腕、足が露わになった姿を、アンドレアに見られたくない。

「よく眠れたかな？」

だがアンドレアは気にした様子もなく、穏やかな笑顔のまま聞いてくる。

「え、ええ、……眠れたわ」

「それはよかった。さあ、目覚めのチョコラータをどうぞ」

ベッド脇のテーブルには、まだ湯気が出ているチョコラータがある。アンドレアがそれを手渡してくれた。

「……ありがとう」

寝具で体を覆いながら、カップに口をつける。甘くて、温かい。冷えていた体が少し温まる気がした。

ベッドに腰かけたアンドレアもチョコラータを飲んでいる。どうにも目を合わせづらくて、ジェンマはカップに視線を落とした。

一晩、同じ寝台で過ごした。それなのにアンドレアには特に変わった様子はない。意識しているのはジェンマだけのようで、それが恥ずかしかった。

昨夜の様子からみても、彼がジェンマを異性として見ていないことは分かっている。だから気にすることはない、そう納得しようと思うけれど、それでも下着姿を見られるのは恥ずかしかった。

「嵐は去ったよ。いい天気だから、外で食事をとろう」

「外で？」

開いた窓から外を見る。昨日の嵐が嘘のように晴れていた。済んだ青空に浮かぶ雲がいつもより近く感じる。

「いい天気だからね。支度《したく》は一人でできるかな？」

「ええ、できるわ」

ジェンマの返事に満足したのか、アンドレアは大きく頷くと立ち上がった。

「じゃあ僕は外で待っているよ。急がなくていいからね」

アンドレアが部屋を出て行く。扉が閉まるのを確認してから、ジェンマは両手で顔を覆った。

「はぁ……」

アンドレアにその気がないのに、彼を異性として考えてしまう時があるのは、どうにも申しわけない。妹だと思っていた昔を想い浮かべて気持ちを落ち着かせてから、ジェンマは寝台を抜けだした。

用意されていた湯で体を拭《ふ》く。下着は新しいものにした。アンドレアの瞳の色によく似たグリーンのドレスに袖を通す。ほぼ一人で着られるタイプを選んでよかった。

顔に白粉《おしろい》をはたき、唇に薄く紅を引く。ある程度の準備ができたところでベルを鳴らし、タッデオを呼んだ。彼はすぐにやってきて、いつものように扉を叩いた。

「入って。……おはよう、タッデオ」

「おはようございます。ゆっくりお休みになれましたか」

ジェンマは頷いた。嵐の夜ではあったけれど、怖くはなかった。アンドレアが一緒にいてくれたからだろうか。

「あなたも休めた？」

「はい、とても。お手伝いすることは？」

「後ろのリボンを結んで欲しいの」

背中を向ける。さすがにそのリボンだけは自分で結べなかった。

「……失礼します」

背後に回ったタッデオが、ドレスの形を整えながらリボンを結んでくれた。

「伯爵さまには、今回の旨を伝えるべく、使いを出しました」

「助かるわ」

本来ならば、今日には帰るつもりだった。別宅での滞在が長くなるのは事後承諾《しょうだく》になってしまうが、絵のためならばと父も納得してくれるだろう。

「こちらでよろしいですか」

タッデオが手を離す。彼が結んで曲がっていることはないだろうと信じて、ジェンマは頷いた。

「ありがとう。あとはこの荷物を馬車にお願いできるかしら」

昨日のドレスと荷物を指差す。

「かしこまりました」

荷物をタッデオに任せて、ジェンマは食事に向かった。準備がしてある場所へは、ジューニが案内してくれる。

「こちらへどうぞ」

階段脇にある狭い通路を抜けると、急に目の前が広がる。大きな窓が開け放たれた部屋では、アンドレアが待っていた。

「今日も素敵なドレスだね」

「ありがとう」

既に座っていたアンドレアの隣に腰かける。街を一望《いちぼう》できる席だ。

「寒くはないかい？」

「平気よ」

テーブルに置かれた、薔薇の花弁が浮いたボウルで手を洗う。朝食はパンと冷たいスープだ。

「ではいただこうか」

一日の始まり、感謝の祈りを口にしてからパンを一口食べる。

隣に座るアンドレアに聞いておきたいことがある。ボウルの水をジューニとタッデオが取り変えているのを確認してから、ねぇ、と切りだした。目覚めてからひとつ、気になっていたことがある。

「あなたは昨夜、私が雷を嫌いなのを覚えていたから、部屋に来てくれたの？」

ジェンマの問いに、アンドレアはスープを飲みかけていた手を止めた。目を細めた彼の顔から笑みが消える。何かまずいことを聞いてしまっただろうか。ただ理由が知りたかっただけなのに。

「……うん、そうだよ。よく眠れたよね？」

少しの間を置いて答えた彼は、いつもの笑顔だった。

「あっという間に朝だったわ。アンドレアのおかげね。ありがとう」

「どういたしまして」

微笑んだアンドレアは、パンの端を小さくちぎった。するとどこからか小鳥が寄ってきて、パンを摘《つ》まんでいく。

幸せな、朝の風景だ。ジェンマも鳥にパンをあげながら、母たちが一緒にお茶を飲んでいた場面を思い浮かべた。

あの場所に自分がいるのを想像した時はどうにも落ち着かなかった。でもアンドレアと一緒なら、緊張もしないだろう。

こんな相手と結婚できたらいいのに。

パンを配り終えると、ジェンマは穏やかな気持ちでスープを口に含んだ。

アンドレアは自分にとって、妹のようなものだった。今は男だと知ったけれど、それでも家族と同じだ。彼だってそう思っているに違いない。その証拠に、一緒に寝ても何も起こらなかった。昨夜も思った通り、たぶん性別は関係なくて、家族という感覚だ。

そういった感情を抱ける相手と、幸せな日々を過ごせたらいい。これから描いてもらう肖像画の行き先に想いをはせつつ、食事を終える。

「――いいかな？」

アンドレアは、今日から絵を描きたいと言った。

「もちろん。でも、この服でいい？」

「構わないよ。じゃあ早速、行こうか。楽しみだ」

はしゃいだ様子のアンドレアの勢いにつられて、ジェンマも少し早足でアトリエに向かった。

「また君を描きたいと思っていたから、嬉しいよ」

アトリエの扉を開けたアンドレアが、先に中へ入るようにとジェンマを促す。足を踏み入れたジェンマは、室内を見回した。既に準備をしていたのだろう、昨日は壁際にあった絵がなくなっている。ゆったりと座れそうな椅子があり、少し離れた位置にテーブルと三角形の棚のようなものがあった。

「この椅子に座ってみて」

ジェンマはアンドレアに言われるまま、椅子に腰かけた。

「うん、思っていた通りだ。顔はこちらに向けて」

指示に従って顔の位置を変えた。アンドレアは満足そうに頷くと、テーブルのそばまで移動して、改めてジェンマを見た。

「この構図でいこうと思う。少し楽にしてて、準備をするから」

アンドレアは壁際に立て掛けてあった、ジェンマが抱えるには少し大きいくらいの白っぽい布を手にとった。木の枠にピンと張った布を、キャンバスと呼ぶのは知っている。三角形の棚にキャンバスを固定すると、アンドレアは息を吸った。目を閉じた彼が胸に手を置く。

アンドレアの目が、変わった。

これまで優しさに彩られていたものが、一気に鋭くなる。まるで知らない人になってしまったかのような迫力に、ジェンマは震えた。

室内の空気が張りつめる。指の一本も動かせそうにない。

アンドレアはジェンマに視線を固定したまま、器用に絵の具を選んだ。それを木のパレットにのせ、筆をとる。

軽やかに、筆が踊る。でもその手元はジェンマには見えない。すぐそばにいるのに、遠い。不思議な距離感に酔いそうだ。

これまでジェンマには絵を描いてもらう機会が何度かあった。でもこんなに緊張したことはない。

呼吸すら、何か特別なことのように感じる。こんな時は何を考えればいいのだろう。

アンドレアは何も言わずにただ筆を走らせている。笑みを忘れたその顔は幼馴染のそれとは違う。一人の画家が、そこにいた。

アンドレアが筆を走らせる音が室内に響く。彼のまとう空気がどんどん熱を帯びていき、それが渦のようにジェンマを呑みこんだ。

瞬きをしただけで時が進むように感じる。窓の外では太陽の光が少しずつ色を変えていく。言葉もなく、アンドレアはキャンバスに向かい続けた。

光にオレンジ色が混じり始めた頃、アンドレアは筆を置いた。黙って立ち上がった彼が、近づいてくる。

すぐそばにやってきたアンドレアが手を伸ばしてきても、ジェンマは動かなかった。動けなかったのだ。

「ジェンマ」

囁《ささや》くような声と共に頬へ触れてきた指は、少し硬くてかさついていた。

体が強張《こわば》る。肌の上を、視線が撫でていく。頬に体中の熱が集まるのを感じる。息苦しさを覚えたジェンマは、ただアンドレアを見上げることしかできなかった。

視線が絡みついてくる。ジェンマはわずかに開いた唇から息を吐き出した。

「今日はここまでにしよう」

「……」

声が出ない。ジェンマはただ頷いた。アンドレアの手が離れていく。背中を向けた彼がベルを鳴らした。

少ししてドアが開いた。タッデオが水差しを持ってきてくれた。グラスに注がれた水を口に含んでやっと、喉がからからに干上がっていたのだと気がつく。

「見るかい」

「いいの？」

「もちろん。でも今日はまだ、君の輪郭《りんかく》を描いただけだよ」

ほら、と見せられたキャンバスに、ジェンマは息を呑んだ。

そこには自分がいた。黄色の線だけで描かれているのに、そこには確かに、ジェンマがいた。

「すごい……」

それしか言葉が出てこない。素晴らしい絵や音に触れた時の、肌が粟立《あわだ》つ独特の感覚に言葉を奪われる。

この絵が色を得たら、どうなるのだろう。見てみたい。ジェンマはしばらくそうして絵を見ていた。

日が暮れる前に、ジェンマは城を出た。別宅へ向かう馬車の中で、そっと頬に指を伸ばす。アンドレアの指が触れた部分をなぞった。

温もりを思い出して、胸の奥がざわめく。彼はどうして急に触れてきたのだろう。理由を知りたがる自分に戸惑いながら、馬車に揺られる。

山道を下り、道が枝分かれしている場所で左へ曲がる。少し登ったら、白く四角い建物が見えてきた。アウレリオ家の別宅だ。

普段の居城とは違って、門は厳重だがさほど大きくはない。鍵はタッデオが開けた。正面の建物の前に馬車が停まる。

地に降り立ってもまだ浮き足立っていたジェンマを現実に引き戻したのは、別宅によく知る顔を見つけたからだ。

「オネスタね！　久しぶり」

年配の女性、オネスタは、彼女の夫と共に長くこの別宅の管理を任されている。近くの村で生まれ育ったそうで、山のことにも詳しい。

「あらまあ、何年ぶりでしょう。お久しぶりです、ジェンマ様」

「またしばらくよろしくね」

挨拶と同時に涙ぐみそうなオネスタの手をとる。かさついて荒れた、労働者の手だ。この手がおいしい料理を作り、部屋を綺麗にしてくれるのを、ジェンマはよく知っている。

「もちろんですとも。もっとお顔を見せてください。あの元気なジェンマ様が、こんなにも美しいお嬢様になられるなんて」

どうしても木に登ってみたくて駄々をこねたことも知られているだけに、ジェンマは苦笑するしかなかった。あの時は結局、彼女の夫がジェンマを木の上に乗せてくれた。降りる時にシャツを枝に引っ掛けて破ってしまったけれど、両親に内緒にしてくれたのもいい思い出だ。

「しばらくここにいらっしゃるんですね」

「そうなの。これから毎日、アンドレア――ヴェロネージ公爵のお城に行くのよ」

「おや、絵を描いてもらうのですか」

オネスタはあっさりとそう言った。

「彼が画家だって、知っているの？」

「もちろんですとも。この村に知らない者なんていません」

オネスタの説明によると、アンドレアはふもとの村では公爵の息子というより、有名な画家として知られているそうだ。彼がそこまで有名になっているなんて知らなかった。

「その絵というのは、あの、ご結婚のために用意されるものですね？」

「ええ、その予定なの」

「そうですか、ジェンマ様もご結婚されるようなお年頃に……」

目元を押さえたオネスタにジェンマは苦笑する。

「まだ先の話よ」

「それでも、アンドレア様に描いていただくなら、幸せなご結婚をされるに決まっています。あの方に描いてもらった方はみんな幸せになれるって評判ですから」

誇らしげにオネスタは言い切った。

「これからアンドレア様がお治めになったら、この村はもっと豊かになるでしょうね」

「お治めとは言っても、アンドレアにはお兄さまがいらっしゃるから……」

この国の貴族は基本的に長男が継ぐ。アンドレアには二歳上の兄がいるはずだ。ジェンマは挨拶をする程度の知り合いだが、彼と仲が良かった次兄から、他国で療養中だと聞いている。

「はい、……でも、随分と長いこと伏せっていらっしゃるそうで」

ほんの少し声を潜めたオネスタは、内緒ですよ、と前置きをした。

「次の公爵はアンドレア様だと評判になっています。公爵様も最近はよくこの城にいらっしゃるそうで」

「オネスタ、噂話はそこまでに」

鋭い声の主はタッデオだ。馬車に積んでいた荷物を手にした彼が、扉の前に無表情で立っている。

「失礼しました」

慌てて頭を下げたオネスタがタッデオに歩み寄る。

「お部屋はもう準備できています」

「ああ、ではすぐに荷物を運ぼう」

タッデオが荷物を運ぶ。その後ろをオネスタがついていく。一人でいても退屈なので、ジェンマも続いた。

階段を上がった先にあるのが、ジェンマと姉で使っていた部屋だ。

「ここは変わらないのね」

姉の趣味で揃えていた家具がまだ残っている。寝台も当時のままだ。幼い時にはここに姉と二人で眠った。

飾りのついた棚も、華奢《きゃしゃ》な足を持つ椅子も、姉が選んだものだ。ジェンマ自身は特に思い入れはないと思っていたが、やっぱり懐かしい。室内は埃のひとつもなく、掃除が行き届いていた。

「ええ、綺麗に管理されています」

タッデオが真顔でそう言ったので、オネスタは大げさなくらい目を見開いた。

「そう言ってもらえると嬉しいねぇ。この館を綺麗に保つのが私の仕事だから」

「ありがとう、オネスタ。感謝しているわ」

ジェンマは寝台に腰を下ろした。

「もったいないお言葉です、ジェンマお嬢様。そうだ、そろそろお食事にされますよね？」

オネスタが確認した先はタッデオだ。

「ちょうどいい時間ですね。お願いします」

「はい、すぐにお食事できるように準備します」

任せておいて、と胸元を叩いたオネスタは、笑顔で部屋を出て行く。さっきは話が途中になってしまった。アンドレアの話はまた後で、オネスタと二人になった時に聞こう。

「ジェンマ様、確認したいことがあります」

荷物を並べたタッデオが、改まった口調で切りだした。

「なにかしら」

「アンドレア様は信用に値する方でしょうか」

感情のない、平坦な声にジェンマは眉を寄せた。

「いきなり何を言っているの」

「失礼は承知で申し上げます。しかし、どうしても確認しておきたくてお伺いしました」

タッデオはジェンマを見据えると、ゆっくりと口を開いた。

「密室に年頃の男女が二人きりになるのは、少々はしたないことかと思います。アトリエで絵を描いていただくのであれば、扉を開けていただくか、誰かを控えさせるのがよろしいのでは」

彼が何を心配しているのか、やっと分かった。ジェンマは首を横に振る。

「それなら心配いらないわ」

「しかし……」

「あなたが私を心配してくれているのは分かっている。でも大丈夫よ、私とアンドレアはまるで姉妹のように育ったんだから」

アンドレアが自分に何かするはずがない。昨夜だって共に寝たけれど、何もなかった。だから自信を持って大丈夫だと言える。

「彼は立派な肖像画家だって、お父様もおっしゃっていたわ。彼を信じましょう」

ジェンマが言い切ると、タッデオは神妙な顔をした。

「申しわけありません。過ぎたことを申し上げました。お許しください」

「私を心配してくれたのよね？　それなら気にしないで」

タッデオに頭を上げさせる。ジェンマは微笑みながら、これではまるで自分が女性として魅力がないと言い切っているようにも聞こえると、密かに肩を落とした。

　翌日、ジェンマがヴェロネージ公爵の城へ向かうと、門を入ってすぐのところでアンドレアが待っていた。彼は絵を描く時のような軽装だ。

「おはよう、ジェンマ。ここで降りて少し散歩をしよう」

　その誘いが魅力的に思えたので、ジェンマはすぐに馬車を停めてもらった。

　アンドレアの手をとって降りる。馬車には先に城へ行ってもらい、門からゆっくりと庭を見ていく。

「昨日ね、オネスタに会ったのよ。覚えているかしら」

　並んで歩きながら、ジェンマはアンドレアに話しかけた。体が弱くて遠出が難しかった彼だが、この別宅には何度か遊びに来たことがある。その時にオネスタが作ったものを食べていた。

「もちろん。元気だったかい？」

「とても。食事もおいしかったわ」

　腕によりをかけたという料理は、素朴だがどれもジェンマの口に合った。朝もこの付近でとれた果実をたくさん味わったおかげで、お腹がいっぱいだ。残念ながら画家としてのアンドレアの話を聞く機会はなかったけど、それは今夜でもいい。

「いいね、僕も久しぶりに食べたいな。彼女が作ってくれた料理はおいしかった」

「あなたが鱈《たら》のスープを初めておいしいって言ったのよね」

干した鱈のスープはくせがあるけどおいしい。アンドレアは苦手だったが、オネスタの作ったものはぺろりと食べきったのだ。

「そんなこと、覚えてなくていいよ」

アンドレアは拗《す》ねたのか、口を尖《とが》らせた。

「君だって、ざくろの実を怖がっていたよね」

「でも私は食べられたわ」

子供じみた言いあいをしながら、中庭を歩く。噴水の前で足を止めて、きらきらと光る飛沫《しぶき》を眺めた。

「綺麗ね」

「そうだね。……まだ、あの上から見たいかい？」

アンドレアが指差したのは、噴水の横にある初代ヴェロネージ公爵の彫刻だ。

「……その話は忘れて」

ジェンマは噴水を上から見たくて、あの彫刻に登りたいと言ったことがある。まだ幼い頃の話だ。

「忘れられないよ。本当に登ろうとして、君はジューニに怒られていた」

「もう、そんなことは忘れていいのよ」

ジェンマは彫刻を見上げた。気難しい顔をした男性が胸に手を当てて立っている。幼い頃の自分は、その土台部分に立てば、噴水が上から見られると思っていた。

「君は高いところが好きだね」

「え？」

アンドレアの指摘が意外で、ジェンマは隣にいる彼を見上げた。

「そうかしら。木に登りたくてオネスタにお願いしたことはあったけど……」

別宅でのことを思い出す。でもそれとこの彫刻くらいのはずと思っていたら、アンドレアが城の象徴でもある高い塔を指差した。

「あの塔のてっぺんに行きたいって言っていたよ。僕はあの上まで登れそうになかったから、そんな風に言える君が羨ましかった」

「……でも結局、途中までしか連れて行ってもらえなかったわ」

思い出した。幼い頃、あの塔の一番上まで行ってみたくて、ジューニにお願いしたことがある。途中までは連れて行ってもらえたけれど、その先はまだ早いと止められてしまった。

ジェンマは自覚していなかったけれど、どうやら本当に高いところが好きらしい。これまでの自分の行動を考えて納得した。自分自身より、アンドレアのほうがジェンマの性格をよく分かっているみたいで面白い。

彫刻の土台に触れた。今はもう、無鉄砲《むてっぽう》に高いところに上がりたいとは思っていない。でもあの塔の上には、正直に言うと興味がある。あそこから見える景色が知りたい。

「今なら登れるかしら」

「君、諦《あきら》めてなかったの」

くすくす笑いながら、アンドレアが手招きした。

「触ってごらん、冷たくて気持ちいいよ」

ほら、と手をとられて、噴水の水に触れた。冷たくて気持ちがいい。吹きあがり、落ちてくる水に手を伸ばしているアンドレアは楽しそうだ。

「ふふ、あなたは水が好きね」

ジェンマが言うと、アンドレアは目を見開いた。

「……そう？」

「子供の頃、ここで水遊びをしたがったわ。靴を脱いで素足で遊んだら、次の日から熱を出してしまったの」

女の子の格好をしていたアンドレアが、スカートをめくって噴水に足を踏み入れたことを、ジェンマはよく覚えている。はしゃいでいたらジューニに見つかって、二人で怒られた。

思い出したのか、アンドレアは眉を下げて苦笑している。

「あとはほら、花に水をやるのも好きだったわ」

「……言われてみればそうだね。気がつかなかった」

はい、と布が渡された。手を拭いてから、どちらともなく歩きだす。

塔の右手奥にある馬車寄せにアウレリオ家の馬車が停まっていた。タッデオがこちらを見ている。彼は心配しすぎだ。アンドレアと二人でいると落ち着くけれど、それは異性といるような感覚ではない。

「綺麗に咲いたなぁ」

アンドレアは花を見て足を止める。風に揺れる色とりどりの花が美しい。花を愛で、思い出話をしながら、時間をかけて塔まで辿りついた。

「随分と歩いたけど、疲れてない？」

絵を描いている時は違う、アンドレアの優しい眼差しがくすぐったい。

「平気よ、これくらい。楽しかったわ」

再会してから、こんなに話したのは初めてだった。外見はとても変わったけれど、中身はあまり変わっていない気がして、なんだか嬉しい。

「じゃあ、アトリエに行こう。僕は今、すごく君が描きたい」

アンドレアは目を輝かせた。行こう、と手をとられる。引っ張られるようにして階段を上がった。

アトリエの扉を強めに開けて、アンドレアが振り返る。

「ここに座って」

「ええ」

ジェンマは軽くドレスのしわを伸ばして、アトリエの椅子に腰かけた。一歩後ろに下がったアンドレアが、ジェンマをじっと見る。さっきまで話していた幼馴染とは違う、画家の顔に変わった。

「顔はもう少しこっちに。手はもっと引いて。いいね、そのままでいて」

椅子に座り、指示されたポーズをとる。アンドレアがキャンバスの前に立った。

空気が一瞬にして変わる。彼のまとっていた穏やかな空気が一気に、炎のような熱を持つのが見えた。

昨日よりも増した迫力に呑みこまれてしまいそうだ。ジェンマはそっとドレスの裾を握った。

「……」

無言で筆をとったアンドレアの、息を吸う音が聞こえた。

アンドレアの手が動き始めた。彼の目には今何が映っていて、キャンバスには何が描かれているのか、ジェンマは想像するしかない。

輪郭といって昨日見せてもらった絵を思い浮かべる。あれにどんな色が載せられるのだろうか。

想像しながら少し長めの瞬きをした時、アンドレアと目が合った。

恐ろしいほど真っ直ぐで、曇《くも》りのない眼差しにたじろぐ。視線が体の輪郭をなぞっていくのが伝わってきた。

呼吸をしていいのかどうかも分からない。ジェンマは不自然にならないように息を吸った。

「――休憩をしようか」

しばらくして、アンドレアが筆を置いた。近くにあった水と布で手を清めた彼が近づいてくる。

「そうしましょう」

どれだけ時間が経ったのだろう。ドレスの前に置いていた手が強張っている。

「疲れただろう？　ゆっくりと立って」

差しのべられた手をとり、立ち上がる。自分で思っていたよりも体は疲れていたようだ。

「ごめん、集中しすぎた。少し休んで」

困った顔をしたアンドレアに首を振る。

「平気よ。でもそうね、お言葉に甘えて、……アトリエを見せてもらっていいかしら？」

ずっと同じ姿勢でいたから、体が硬くなっている気がする。ちょっと歩きたくなった。

「構わないよ。絵の具にだけは触らないように気をつけて」

「分かったわ」

絵の具や筆がある机ではなく、壁際にある棚にそっと近づく。ちょうど目の高さにある、青い石に顔を近づけた。

宝石でもあまり見たことがないような、くっきりとした青に金色が混じる。とても綺麗な石だ。ジェンマはこれに見覚えがあった。

「これ、あなたの宝物でしょう？」

「覚えていてくれたんだ」

アンドレアの声がすぐそばで聞こえた。振り返るとすぐ後ろに彼が立っている。

「そう、宝物だ。君の瞳と、同じ色だね」

「……こんなに綺麗じゃないわ」

ジェンマは本心からそう言った。ジェンマは兄弟の中で最も瞳の色が濃いことを、少しだけ気にしていた。できるなら姉のような、澄んだ空の色がよかった。

「綺麗だよ。昔からずっと、僕はそう思っていた」

「昔から？」

「そう。君は僕にとって、……一番綺麗な瞳を持った人だ」

大げさな賛辞がくすぐったい。ジェンマはありがとう、と小さな声で言った。それから思いついたことをまとめるでもなく話し始める。

「私はあなたを妹だと思っていたの。私には妹がいないから、もしいたら、あなたみたいにかわいかったかなと想像していたわ」

幼い頃のアンドレアは、美少女という表現がふさわしい愛らしさだった。思い出しただけでジェンマは表情を緩めてしまう。

「妹、か。僕が女の子の格好をしていたせいだね」

「ええ、あの時のあなたはいつも女の子らしい服を着ていた。それがとても似合っていて、かわいかったわ」

その一言に、アンドレアの肩が跳ねた。どうしたのかと彼を見る。

「……じゃあ、今の僕は？」

腕を摑まれた。いきなりのことで驚いたジェンマは、強く引っ張られてアンドレアの腕の中へと倒れこむ。

「女の子だと思っているなら、こんなことをしてもいい？」

「っ……」

唇に柔らかくて温かな感触が触れた。ほんの一瞬、触れただけで全身が痺《しび》れたみたいになって動けない。ゆっくりとアンドレアの顔が離れていく。

ジェンマは呆然とアンドレアを見上げた。彼は目を細め、ジェンマの頬を、壊れ物に触れるかのようにそっと撫でる。

「……」

昨夜の嵐を想わせる熱い眼差しに縛《しば》られる。ジェンマはアンドレアにされるがままだった。

もう一度、唇を押し当てられてやっと、ジェンマは何をされたのかを理解した。キスを、されているのだ。

背中にアンドレアの腕が回る。引き寄せられ、体がぴったりとくっついた。

とくん、と鳴ったのはどっちの心音なのかもう分からない。唇を温かいものが這う。舐《な》められているのだと気がついても、逃げられなかった。

舌の表面を舐められ、歯をくすぐられる。逃げようと竦んだ舌は捕まって、きつく吸われた。

「んっ……」

鼻から声が漏れる。どうしていいのか分からず固まるジェンマの唇を、アンドレアは好き勝手に蹂躙《じゅうりん》した。

「……ぁ……っ……」

アンドレアを引き離そうと弱々しくも伸ばした腕は、そのまま彼の手にとらわれてしまう。逃げ場をなくしたジェンマは身をよじった。ドレスとアンドレアの服が擦れて知らない音を立てる。

「やっ……」

少し唇が離れた隙《すき》に抵抗しても、簡単に封じられる。細身に見えても彼は男だった。力ではとても敵わない。

「は、離し、て……お願い……」

息を乱しながら、アンドレアに訴える。優しかった彼の豹変《ひょうへん》が怖い。目の奥が熱くなって、視界が潤む。

「……ひどい、こんな……」

罵《ののし》る言葉なんて知らない。それでも怒りを伝えたくて、アンドレアを睨んだ。唇を引き結んでいた彼は、笑おうとして失敗したみたいな顔をした。

「怖がらせてごめんね」

滲んだ涙をそっと拭《ぬぐ》われる。指が触れた瞬間にジェンマの体はびくりと震えた。

「……ごめん。怖かったかい」

アンドレアはそう言って、ジェンマの肩に額《ひたい》を押しつけてきた。回された腕が震えている。

「失礼します」

不意にタッデオの声が聞こえた。もしこの場面を見られたら、と考えただけで血の気が引いた。

「離して。タッデオが……」

ジェンマが言い終わるより前に、扉がノックされた。まずは二回、間を置いて一回。アンドレアは俯いたまま、ジェンマから一歩だけ離れる。ため息のような吐息が聞こえた。

「どうぞ」

扉が開き、入ってきたタッデオの目がジェンマに向けられる。

アンドレアとの異常に近い距離、きっと上気している頬、潤んだ目。察しのいいタッデオならばすぐに何が起こったか気づいたのだろう。わずかに眉を寄せた彼は、ジェンマのそばまでやってきた。

「失礼します。ジェンマ様、ドレスに糸が」

タッデオはさりげなくジェンマとアンドレアの間に入って距離を作る。彼はドレスから何かを摘まむ仕草《しぐさ》をした。

「ありがとう」

糸なんてないことは分かっていても礼を言う。アンドレアと距離ができてよかった。早鐘のような鼓動を少しでも落ち着かせたい。

「今日はもう終わりよね？　タッデオ、馬の用意をして」

「かしこまりました。すぐに準備いたします」

タッデオが頭を下げる。アンドレアは無言で彼を見た。ジェンマに向ける視線とは違って、刺すような鋭さがあった。ジェンマの背中に震えが走る。

どうしよう、アンドレアが、怖い。

初めて覚えた感情に戸惑いながら、ジェンマは背を正した。気丈に振る舞えと自分に言い聞かせて口を開く。

「では、失礼するわ」

優雅に一礼をする。声が震えなくてよかった。

「うん、じゃあ、また明日」

目を細めたアンドレアが軽く手を振る。ジェンマは答えず、アンドレアに背を向けた。

それでも視線を感じる。

精一杯の虚勢《きょせい》を張って、ジェンマはなんでもない顔をしてアトリエを出た。廊下を歩き、階段へ進んだところで、前を歩いていたタッデオが振り返る。

「すぐに馬車を用意いたします。馬車寄せでお待ちになりますか」

「そうね、そうするわ」

正面の玄関に馬車が来るのを待つより、脇にある馬車寄せから乗るほうが早い。すぐにでもこの場から離れたいと思っていることを察してもらえたのはありがたかった。

タッデオはジェンマの顔を見て、何か言おうとしたがやめたようだった。わずかな間を置いて、行きましょう、と促される。階段をゆっくり下りる。どうしよう、まだ足が震えている。

「では支度をして参ります。ここでお待ちいただけますか」

タッデオは一礼すると、馬車寄せの扉横にある部屋を開けた。従者の控室のようだ。おとなしくジェンマがそこで待っていると、ジューニがやって来た。

「お帰りですか」

「ええ、今日は失礼します」

挨拶をしているとタッデオが扉を開けた。ジューニが手を差しのべてくれる。

「また明日、お待ちしております」

ジューニに見送られ、馬車に乗りこむ。客車で一人になって、ジェンマはほんの少し、背中から力を抜いた。緊張を解くつもりだったが、まだ手がうまく動かない。

ジューニが左側の馬を撫で、タッデオに何か話しかけている。それをぼんやりと眺めていると、突然、唇に熱が蘇ってきた。

アンドレアと、キスをした。ジェンマは咄嗟に口元を手で覆う。まだ熱を帯びている唇に、彼の柔らかなものが触れた。そして口内まで舐められて、……。

家族にするのとは違った種類の口づけだった。アンドレアはどうしていきなり、あんなことをしたのだろう。

直前には、ジェンマがアンドレアを妹だと思っていたと話していた。それが彼のプライドを傷つけて、怒らせたのだろうか。

そこまで考えて、ジェンマは大きく首を振った。怒ったからキスをしてきた、という考えはおかしい。あの時、アンドレアの視線は昨夜の嵐のような激しさを宿していた。だがその根本にあるものが、怒りとは限らないのではないか。

それが希望であるとジェンマは自覚していた。怒りで初めての口づけを奪われたなんて悲しすぎる。

では何が、穏やかな彼を豹変させたのだろう。アンドレアが分からない。

ジェンマが考えている内に、馬車が動きだした。ジューニが見送ってくれる。門を出たらすぐ下り坂だ。

タッデオがちらりとこちらの様子を確認する。アンドレアはそんなことをしないと言い切った手前、平静を保つことしかジェンマはできなかった。

山の地形に合わせて緩やかに下っていく。吊り橋を越えると、客車の左手に城の門が見えた。

明日も、ここへ来ることになる。アンドレアに絵を描いてもらうために。そう考えたら、ジェンマは胸が痛くなった。

アトリエで二人きりになるのが怖い。またあんなふうに口づけられたらどうすればいいのだろう。抵抗できなかった自分の無力さが恨めしくなった。

肖像画は別の画家に依頼して、このまま自宅へ帰れたらいいのに。想像してジェンマは俯いた。

そんなことは両親が許さないはずだ。理由を話せば、理解はしてくれるだろう。けれど国内での地位を考えれば、ヴェロネージ家に抗議をするとは思えない。そうすると、ただジェンマが家族に恥ずかしいことを告白しただけで終わってしまう。

それならば、絵が描きあがるまで我慢するしかない。明日から、アトリエにタッデオを呼ぼう。二人きりにならなければいい、とジェンマが結論を出した時、客車が突き上げるような揺れに襲われた。

岩にでも乗り上げたのだろうか。ジェンマは客車から前を見た。

見える景色が、普段とあまりに違う。変わり映えのしない山道に、めまぐるしさを覚えるのはおかしい。

「タッデオ、急がなくてもいいわよ」

少し大きめの声でジェンマはそう言った。

「はい、……しかし、馬が、言うことを聞かなくて」

「え？　馬が？」

タッデオの声は聞いたことがないほど慌てていた。馬はどんどん加速する。客車の中でジェンマの体が大きく跳ねた。咄嗟に扉部分の取っ手を摑む。

「いやっ」

こんな速さで坂道を駆け下りるのは危険だ。取っ手の飾りが手のひらに食いこむほど握っても、投げ出されてしまいそうだ。

「おい、止まれ、……こっちだ、おい」

馬従者が慌てて、道から逸れようとする馬を止めている。馬車が左右に揺れた。速度は落ちたけれど、それでも馬は前に進む。

「あぶないっ」

馬車の目の前は大木だ。間に合わない。そう思った時、馬車の後部がふわりと浮いた。次の瞬間には一気に落ちて、ジェンマの体が跳ねる。衝撃で屋根に頭をぶつけ、とれた髪飾りが床へ落ちた。

どん、どすっと低い音が続く。馬が鋭く鳴いた。一瞬息が止まり、すぐにすさまじく速く心臓が動きだした。

何が起こったのか。ジェンマは詰めていた息を吐いてから、客車から外を覗いた。

「タッデオ!?」

目の前の光景が信じられず、目を見開く。馬車は大木を避けるようにして停まっていた。客車のすぐ左に、タッデオが仰向《あおむ》けに倒れている。苦しげに歪んだ顔は青白い。

「ジェンマ様、お怪我《けが》はありませんか」

右の馬から下りた従者が焦った声を上げる。

「私は大丈夫よ、でも、タッデオが」

地面に投げ出されたタッデオに、従者が駆けよる。ジェンマも身を乗り出した。

「タッデオさん、聞こえますか」

従者がタッデオに声をかけるが、返事はない。目を閉じた彼は、ぴくりとも動いていなかった。

「とにかくこいつをおとなしくさせないと」

従者が左の馬に目を向ける。馬は道からはずれているが、興奮状態なのか今にも走りだしそうに足を動かしていた。馬を止めているのは、木の枝に絡みついた手綱だ。

「何があったの？」

「馬が急に落ち着きを失くして、言うことを聞かなくなって……」

従者の説明によると、城を出た直後から左の馬が勝手に走りだそうとしたらしい。宥めても言うことを聞かず、大木に衝突しそうになった。それを避けるために、タッデオは馬を力づくで引っ張って止めようとした。それでも馬は止まらなかったため、彼は手綱を近くの木の枝に絡めて強引に馬車を停車させたそうだ。

もしあのまま進んでいたら、ジェンマも無事ではなかった。軽く頭をぶつけただけで済んだのは、タッデオのおかげだ。

「とにかく、タッデオを手当てしなくては」

周囲を見回す。薄暗くなってきた山道には、自分たち以外に人の姿はない。

「助けを呼んできます。ジェンマ様はこちらに残っていてください」

従者が手を伸ばす。その手をかりて馬車から降りたジェンマはタッデオに近づいた。彼の胸が上下していることに少しだけほっとする。

後ろでかちゃかちゃと聞き慣れない音がした。馬従者は客車部分と馬を繋いでいた部分を外し、左の馬の手綱を大木に絡めている。

「これでしばらくはこいつも動けないはずです。私はすぐに助けを呼んできますので、ジェンマ様はここに残ってください。どうかお気をつけて」

「お願いします」

従者は馬に跨ると、すごい勢いで来た道を戻っていく。まだ城は大きく見えた。別宅よりも近い。そんなに時間はかからないだろう。

残された一頭の馬は、まだ興奮状態なのか、地面をひっきりなしに蹴っている。

何かできることはないだろうか。ジェンマはそこで、残された客車に水の入った樽があるのを思い出した。引っ張り出して、タッデオの口元へ持っていく。

「お水よ、飲める？」

タッデオの唇がわずかに動く。ジェンマはそこへ水を注いだ。零れたものが彼の顔を濡らす。血の滲んだ頬が痛々しくて、ジェンマは咄嗟にドレスの袖で拭った。

「タッデオ、大丈夫？」

声をかけ続ける。しばらくして、彼が薄く目を開けた。

「ジェンマ様、……馬が、……」

タッデオが何か言いかけたその時、山道を馬が駆け下りてくる音がした。従者が戻って来たのだろうか。確認しようとしたジェンマの目に入ったのは、馬を駆るアンドレアの姿だった。その後ろにも何頭か続いている。

「ジェンマ！」

焦った様子のアンドレアが馬から飛び降りて駆けよってきた。

「大丈夫かい」

伸ばされた手を、無意識の内に摑んでいた。力強く引きあげられ、その結果、ジェンマは彼の腕の中に収まった。確かめるように背中を撫でられる。

「私は大丈夫。でも、タッデオが」

「彼が怪我を？」

アンドレアの声が低くなった。横たわったままのタッデオを確認した彼は、ジェンマの視界を塞ぐように腕を頭に回した。

「村には医者がいる。手当てをしてもらおう」

アンドレアの胸元に頭を預ける形になる。彼の指示を出す声が体に響くようだ。どくど

くと速い鼓動は彼のものだろうか。

馬車の音がして顔を上げる。ヴェロネージ家の紋章が目に入った。乗っているのはジューニだ。

「ジューニ、彼をすぐに医者のところへ」

馬車が停まるより先にアンドレアがそう命じた。タッデオに気づいたジューニは険しい表情を浮かべる。

「かしこまりました」

ジューニはその年齢から想像もできないほど身軽に、馬車から飛び降りた。

「タッデオは大丈夫かしら」

「心配しなくてもいい。馬車は彼を運ぶのに使うから、君は僕と馬で戻ることになるけどいいね？」

ジェンマは黙って頷いた。自分が今ここにいても、できることなんてない。邪魔をしないのが最善策だ。

ジューニの指示で、馬車にタッデオが運び込まれる。その間もジェンマはアンドレアに抱きしめられたままだった。

「任せたよ、ジューニ」

「かしこまりました」

タッデオを乗せた馬車が山を下りていく。それを見送ってから、アンドレアはその場にいたヴェロネージ家の馬従者たちに、馬と馬車を運ぶように言った。

「では戻ろう」

馬従者とアンドレアの手をかりて、馬の背に乗る。ドレスで馬に乗ったのは初めてだ。

「ゆっくり行くけど、ちゃんと捕まっていて」

ジェンマは素直にアンドレアの背中へしがみついた。そうすると、冷静に見えた彼の背が震えているのが伝わって来た。

「……君に怪我がなくてよかった」

アンドレアは小さな声で呟く。ジェンマは黙って、その背に体を預けた。

城に戻り、馬を下りた。何があったのかとヴェロネージ家の使用人たちもざわめいている。

「ジューニが戻ってくるまで、少し休んでいて。そうだな、どこがいいかな」

アンドレアが迷うそぶりを見せる。ジェンマは自分が知っている場所で、落ち着けそうなところを考えた。

「ねえ、教会にいてもいいかしら」

「……ああ、いいね。あそこなら落ち着けるだろう」

城の内庭を進むと、小さな教会があるはずだ。石造りの簡素で薄暗い場所だけど、ジェンマはなぜかそこが好きだった。

アンドレアに連れられて中庭を抜け、扉を開ける。覚えていたままの教会があった。ひんやりとした空気が頬を撫でてくれる。

ジェンマは長椅子に腰かけた。手を組み、静かにタッデオの無事を祈る。アンドレアもジェンマの隣にきて、神妙な顔をして祈り始めた。

この教会で祈るのは、もう何度目だろう。始まりは、一緒に遊んでいたアンドレアが急に高熱を出してしまった時だ。教会でのお祈りを覚えたばかりだったジェンマは、彼の回復を祈った。それが通じたらしく、翌日には熱が引いたと聞いている。あれからジェンマは、人に対して祈ることの大切さを知った。

「……」

隣に座っていたアンドレアが動く気配がして、目を開ける。彼は膝をついて祈り始めた。その真摯な横顔が、彼もまたタッデオを案じてくれているのだと教えてくれる。

とにかく無事でいて欲しい。地面に落ちた時に見た、タッデオの歪んだ顔が頭から離れてくれず、ジェンマは小刻みに体を震わせた。

タッデオの無事を祈っている間に、どれだけの時間が過ぎたのだろう。ジェンマの首筋が冷え切った頃、足音が聞こえて来た。

「アンドレア様、ジェンマ様」

ジューニの声だ。ジェンマはアンドレアと顔を見合わせた。二人が立ち上がると同時に教会の扉が開いて、ジューニが入ってくる。

「戻ったか。彼はどうだった？」

アンドレアの声が響いた。薄暗くて、ジューニの表情がよく見えない。

「タッデオ様のお怪我ですが、切り傷と打撲《だぼく》だと思われるそうです」

「……よかった」

ジェンマはそのまま両手で顔を覆う。命に関わるような怪我だったらどうしようか、不安に膨《ふく》らんでいた胸が痛い。

「本当に、よかった。……ひどいことにならなくて」

アンドレアがジェンマの肩をそっと抱いた。冷え切った肌に彼の体温が心地よく感じる。

「数日は安静にしたほうがいいとの判断で、村に預かってもらいました。事後報告になってしまいますが、よろしいですね？」

ジューニに確認されて、アンドレアは頷いた。怪我をしたのだ、タッデオに無理はさせられない。

「彼のことは医者に任せるのが一番だ。これで一安心だね」

「ええ」

ほっとしたら、一気に疲れが襲ってきた。ふらりと揺れた体をアンドレアに支えられる。

「大変なことがあって、疲れただろう。君は今夜、このまま泊まるといい」

「でも」

ジェンマの続く言葉を、アンドレアが封じる。

「もう夜だよ。こんな時間に君を山道に送り出すなんて僕にはできない。それに馬車の点検もしておきたいから。いいね」

有無を言わさぬ口調だった。移動手段が馬車に限られているのだから、ジェンマは受け入れるしかない。

「それでは、すぐにお食事とお部屋をご用意しましょう」

ジューニはジェンマに向かって微笑んだ。

「いえ、食事は結構です……」

今は何も食べる気になれない。そう言って断ったが、ジューニが首を横に振った。

「いけません、ジェンマ様。あなたがご心労で調子を崩されたら、タッデオは悲しみます」

「そうだよ。とにかく、スープだけでも飲むといい」

二人に言われ、ジェンマはおとなしく食事の席へつくことにした。

「体が冷えているね。まずは温かいスープを」

正面に座ったアンドレアに勧められ、ジェンマは野菜のスープに口をつけた。温かくて、優しい味がする。おいしい、のだろう。まだ混乱しているのか、味はよく分からなかった。

結局、用意された食事はほとんど喉を通らなかった。いつもなら一杯だけの葡萄酒を二杯飲んで、食事の礼を言った。

「もう少し何か口に入れたら？」

アンドレアが心配そうに言ってきた。

「ごめんなさい、食欲がなくて。……もう休ませてもらってもいいかしら」

「それではお部屋にご案内いたしましょう」

脇に控えていたジューニに促され、ジェンマは席を立った。

「じゃあ、おやすみなさい」

アンドレアに挨拶をして、その場から離れる。ジューニが案内してくれたのは、昨日と同じ部屋だ。

「何かございましたら、そちらのベルでお呼びください」

「分かったわ。どうもありがとう」

ジューニが出て行く。一人になり、ジェンマはドレスを脱いだ。袖口が汚れてしまっている。これを明日も着るのは気が進まないが、着替えはないのだ。

体を清めながら、ジェンマは明日のことを考えた。タッデオが怪我をしたのだ。こんな時に絵を描いてもらう気分にはなれない。明日は休みにしてもらって、別宅に一度戻るべきだろうか。

考えながら、下着姿で寝台に入った。燭台の火を吹き消して、横たわる。

疲れた。一日にいろんなことがありすぎて、もうよく分からない。

今になって恐怖が襲ってくる。あのまま大木にぶつかっていたらどうなっていたか。想像しただけで震えが走った。心細さのあまり寝具に抱きつく。温もりに身を任せて、目を閉じる。

きっと眠れない、そう思っていたのに、ジェンマはそのまま引きずりこまれるように眠りの底に落ちた。

体がひんやりとする。冷たい空気に晒《さら》されているのだろうか。

ジェンマはゆっくりと目を開けた。自分の傍に、人の気配がする。悲鳴を上げようとしたジェンマは、だがすぐにその正体に気がついた。

アンドレアだ。彼の、においがする。

「眠っていたかい」

闇に溶けるような低い声に体が竦む。タッデオがいない今、この城で自分が頼れる人間は誰もいないのだと、ジェンマはやっと気がついた。

逃げなくては、そう思ったのは本能だろう。そうだ、アンドレアは今日、ジェンマに突然口づけてきたではないか。どうして忘れていたのか。

「な、なに」

ジェンマが体を起こすよりも早く、アンドレアが寝台に腰を下ろした。

「君を愛しに来たよ」

甘い声と共に、手首を摑まれた。引き寄せられて、彼の腕の中へ倒れこむ。

「……愛しに？　ねぇ、アンドレア、私は……」

続く言葉を封じるように、唇を奪われた。お互いの感触がはっきりと分かるほど重ねてから、舌が入ってくる。

ぬるりとした熱い感触が怖い。その場で硬直したジェンマの顎《あご》に指がかかる。

「ん、っ……」

唇を開かされて、中へ舌が入ってくる。歯の形を探られ、頬の裏まで舐められた。

挨拶のキスとは違う生々しくて、いやらしい口づけに、ジェンマは震えるしかなかった。

好き勝手に口内を探られる。息ができず眉を寄せた。

「……っ……」

竦んで縮こまった舌の表面を舐められる。くすぐるような動きで奥まで暴《あば》かれ、経験がないほど大きく口を開いた。

口角から唾液が溢れる。それを拭うことも許されず、貪るようなキスが続いた。ほんの少し唇が離れた時にやっと呼吸ができる。

「急《せ》いてごめんね」

唇がわずかに離れた時にアンドレアは囁いた。

「怯えなくてもいいよ、君を傷つけたりしない」

「うそ、いやっ」

咄嗟に逃げようとしたジェンマの腕を、アンドレアが摑む。その力は強かった。薄闇の中でも、アンドレアの目が輝いているのが分かる。嵐のような、あの目だ。

「ジェンマ、君は僕が嫌い？」

「……いいえ」

すぐに否定する。アンドレアを嫌うわけがない。

でも、それとこれとは別問題だ。ジェンマにとってアンドレアは幼馴染の、かわいい妹のような存在だった。

「じゃあ、いいよね。僕は君が好きなんだ。こんなことをしたいと、ずっと願っていたよ」

ジェンマの顔の横に手をついたアンドレアが圧し掛かってくる。目を閉じる間もなく唇を塞がれた。

「ん、んっ……」

嚙みつくようなキスだった。上唇に歯を立てられる。鈍い痛みに涙が滲む。

はぁ、という荒い息を自分が発したかどうかも分からない。ちゅっと、かわいらしい音と共にアンドレアが離れたかと思うと、首筋に吸いつかれた。

「……や、っ……」

アンドレアの髪が肌をくすぐる。肌に歯が当たった。食べられてしまいそうだ。

「いや？　じゃあ僕の目を見て、嫌いだと言ってよ」

吐息がかかる距離でアンドレアが微笑んだ。

「ほら、言ってみて」

「……アンドレア」

彼の目に宿る嵐に呑みこまれそうだ。ジェンマは嫌い、というその一言が言えなかった。

もし口にしたら、幼い頃の思い出も壊れてしまいそうで。

沈黙を了承ととったのか、アンドレアの手は大胆にも胸元へと伸びる。下着の上から胸の形を確認されて、ジェンマは泣きたくなった。

下着の前が押し広げられ、胸が零れる。アンドレアは目を細め、ごく小さな声で、綺麗だと囁いた。

「……だめ」

はだけた胸元を両手で覆った。異性に裸を見られるなんて、未婚の娘がしていいことではない。

「恥ずかしい？」

優しい声で問いながらも、アンドレアはジェンマの手を退けようとする。それに逆らって体をねじった。

「いやっ……」

「どうして？　全部見せて」

抵抗も空しく両手はとらえられ、ジェンマは素肌をアンドレアに晒す羽目になった。

唇を噛む。ひどい辱めだ。目の奥が熱くて、今にも涙が零れてしまいそう。

「僕の手にちょうどいいね。……ほら、見えるかな」

「あっ」

アンドレアの手に、すっぽりと収まった乳房が夜目にも分かる。膨らみに添えられた指に力がこもった。

「柔らかくて気持ちいい。……こうやって触りたいと、夢見ていたんだ。すごい、こんなに柔らかい……」

優しく揉《も》まれる。ジェンマは目を閉じて唇を嚙んだ。頬が熱い。投げ出した手はどうしていいか分からず、宙をさまよった。

こんなふうに異性に触れられるのは、当然ながら初めてだ。ジェンマは恐怖のあまり固まってしまい、それが結局、アンドレアに協力するような形になった。

「いや……」

下着だけでベッドに入ったのは失敗だった。あっという間にすべてを奪われたジェンマは、必死で体を丸める。下着姿で寝台に入ったことを後悔しても、もう遅い。

「隠さないで」

やっていることは強引なのに、アンドレアの声はひどく優しい。

アンドレアは大切なものを触れるかのように優しく、ジェンマの乳房全体を包む。形と硬さを確認するように揉まれて、息を詰めた。

「本当に、夢みたいだ」

アンドレアの呟きが聞こえ、片目を開ける。彼はジェンマを見つめて微笑んだ。

「こうしたかったよ、ずっと……」

「……ひゃっ」

乳首に吸いつかれる。途端にそこがきゅっと硬くなるのが分かった。

「い、やっ……」

そんなところを、口に含むのは赤子だけだと思っていた。温かく濡れた感触に驚いた突起が、痛いくらいに尖っていく。

舌先であやすようにくすぐられ、弾かれる。じっとしていられず、ジェンマは身をよじった。

「あっ……」

声が我慢できなかった。体温が一気に上がり、汗が滲む。尖った先端に歯が当たって、飛びあがりそうになった。

「ん、じっとして……」

「……っ……ぅ……」

いきなりきつく先端を吸われ、声にならない声を上げる。その時、ジェンマは体の奥で何かがとろりと蕩《とろ》けるのを感じた。未知の感覚が恐ろしくて、震えることしかできない。

おかしい。何かが内側から溢れようとしている。粗相《そそう》でもするのだろうか。羞恥に涙が滲んだ。そんな恥ずかしい状態になっていると知られたくなくて脚をきつく閉じようとしたのに、アンドレアに阻まれる。

「や、だっ……」

太ももを撫でまわされた。その先がどんなふうになっているのか知られるのが怖くて、頭を打ち振る。だけどアンドレアは指を進めた。

アンドレアの指が、誰にも許したことのない場所に触れる。

「もうこんなに濡れている。感じやすいんだね」

「やめて、……触らないで」

抵抗も空しく、両膝にアンドレアの手がかかり、ゆっくりと広げられた。

物心がついてから、誰にも見せたことのないところだ。見られるだけでも恥ずかしいというのに、更に指で割り開かれてしまって、ジェンマは混乱した。

ついに涙が目から溢れた。アンドレアの視線を感じたそこはきっと、恥じらうように息づいているだろう。

いたたまれない。ジェンマはきつく目を閉じた。

「大丈夫だから、力を抜いて」

アンドレアの指が、ゆっくりとそこを撫でる。硬い指の感触に驚いたように体が強張る。

「だめ、……だ、め……」

脚を閉じようとしても、アンドレアの手に阻まれる。彼はジェンマの体の自由を奪いながら、息づくそこへ、指を当てた。

「っ……、ぁ……」

ぬめりをまとった指が、入ってくる。緊張を解くようにアンドレアはジェンマの足を撫で、優しく囁く。

「もっと、……君の中に触れさせて」

くぷっと音を立てて指が埋められる。他人の侵入を拒むように、ジェンマの中が脈打った。それでもアンドレアは気にすることなく、内側に触れた。

「ああ、すごい、……温かい」

うっとりとした声を上げたアンドレアは、少し指を引いた。抜け落ちていきそうなのにほっとした次の瞬間、奥を目指して進まれる。濡れた粘膜を指が撫で、水音が立った。

「泣かないで、ジェンマ」

目尻にアンドレアが唇を押し当てる。こめかみ、頬、と唇が移動して、最後に深いキスをされた。

「……っ、……んんっ……」

差し込まれた舌がすぐに出て行って、また入ってくる。その繰り返しに意識が向いている間に、秘めた場所に指を根元まで埋められていた。

「奥から濡れてくる。僕の指を愛してくれているんだね」

甘い声と共に、内側をかき回される。浅いところを捏《こ》ねられたかと思うと奥を撫でられて、ジェンマは頭を打ち振った。じんわりと、体が内側から熱くて、とてもじっとしていられない。

「君のいいところを教えて」

耳朶を口に含まれて、ジェンマはのけぞった。アンドレアの指が抜けて、ほっとした次の瞬間、体の中で何かが、まるで熟《う》れた果実のように弾けた。

「あっ」

思わず声が出る。びくんと腰が跳ねた。

「ここ、いいのかな……？」

弄ばれていたところより少し上にある、小さな突起を撫でられている。今度は強めに擦られて、ジェンマは息を詰めた。

「な、に……？」

今まで特別意識をしていなかった部分を、濡れた指で優しくまさぐられる。するとそこが熱を帯び、膨らんでから硬くなった。

「君は感じているんだよ。僕の指で、ここをかわいがられて」

「……ん、んっ……」

慣れない刺激に腰が跳ねあがる。人指し指で押しつぶされ、いっそう硬くなっていくそこへ、全身の血液が集中していく。

知らない感覚だった。手足から勝手に力が抜ける。目も口も閉じられない。——いやだ、怖い。ジェンマは必死で、痺れにも似たものから逃げようとした。だけどどうにもできず、勝手に口から息が漏れる。

「や、めっ……」

手の甲を唇に押し当てる。気を抜くととんでもない声が出てしまいそうだった。

「……あ、んっ……や、だめっ……変に、なっちゃ……う……」

自分がどうにかなってしまいそうだ。体が内側から溶けだしている。

「変？　違うよ、感じているんだ。もっとほら、素直に気持ちよくなってしまえばいい」

甘い囁きが耳から流し込まれる。いろんな方向から襲ってくる、未知の感覚の前にジェンマは無力だった。

「……ぁ、だ、めっ……」

　敏感な突起を擦られると、体が内側から潤っていく。アンドレアは花弁を撫でるようにそっと、だけど有無を言わさぬ強引さで、再び指を埋めようとする。頑なさを失っていないそこが拒むと、彼は諦めたのか指を引いた。

「あっ……！」

　不意に覆いかぶさってきたアンドレアが、乳首を口に含んで強く吸った。その衝撃に襲われている間に、アンドレアは指を奥まで進めてしまう。

「……んっ、……」

「痛くはないかい？」

　首を横に振る。違和感はあるけれど、不思議なほど痛みはなかった。

「よかった」

　ほっとしたような声が聞こえた。そしてゆっくりと、指が引かれる。くちゅっと濡れた音が聞こえて唇を噛んだ。

　自分の体の反応が分からなくて、怖い。どうなってしまうのか、先が見えなかった。

「……」

　アンドレアは無言で指を出しては入れ、時折何かを確認するように内側を撫でた。その度にジェンマは身をよじり、頭を打ち振る。とてもじっとはしていられない。浅い呼吸を繰り返していると、中を探っていた指が、体の内側にある場所に触れた。

「……あっ」

そこから全身に、痺れが広がる。ジェンマは目を見開いた。手足の指がきゅっと丸まってしまう。さっきとはまた違う種類の、体の芯《しん》に響くような衝撃が走った。

「ここ?」

確認するように撫でられて、ジェンマの体は無意識に跳ねた。

「や、……なに……」

ジェンマはアンドレアの腕を摑んだ。これ以上触れられると、もっとおかしくなってしまう。

「……僕に任せて」

大丈夫、と額に口づけたアンドレアは、指の腹でジェンマの内側を押した。手足の先にまで広がっていく、この甘く狂おしい痺れの正体はなんだろう。怯えが消えないジェンマは体をくねらせて逃げようとした。

「離し、て……やだっ……」

「だめだよ、……離せない」

自分を見つめるアンドレアの、息が乱れている。薄闇でも彼の緑の瞳が輝いているのが分かった。

あの嵐に、呑みこまれる。

「おかしい、の……いや……っ……」

下腹部がむずむずする。生理現象に似たその感覚が恐ろしい。このままだと、アンドレアの前で……。

「いいよ、力を抜いて。全部僕に任せて、ほら」

アンドレアの指の動きが激しくなる。内側の、ある一点だけを集中的に擦られてジェンマは混乱した。

行き場のない熱が体を駆け回る。更にアンドレアは、秘めた突起を撫でた。

「ひっ」

充血した突起をきつく摘まれる。指の腹で捏ね回され、鋭い痺れがそこから全身へと広がった。

「あっ……やめ、っ……んっ……！」

急に高いところへ放り出されて、また落とされる。激しさにジェンマは目を回した。自分の体が再び浮き上がるような錯覚に溺れる。

「……ぁ……だめ、っ……だ、め……」

次から次へと、体の中で何かが弾ける。それが連鎖して、ついにジェンマは耐えきれなくなった。

「……い、や……」

迸るものの勢いに顔を歪めた。はしたない水音が室内に響く。それでもアンドレアは指を動かし続けた。

「やだ、やだっ……見ないで……」

子供のように泣きじゃくっても、止められない。ジェンマは腰を揺らしながら、夥しい量の体液を放った。

目の前が白く塗りつぶされた。全身から力が抜け、寝台へ沈む。息苦しい。やっとアンドレアが指を抜いてくれて、少しだけほっとする。それでも、脚を閉じる気力さえなかった。

アンドレアの前で、粗相をしてしまった。子供の時だってしたことがないのに。

必死で呼吸しながら、恐る恐る目を開けた。アンドレアは片手に布を持ち、ジェンマの汚れた下肢を拭っていた。

「うっ……」

途端に現実へ意識が戻され、堪えきれず涙が零れる。どうしてこんな辱しめを受けなければいけないのだろう。惨めさに苛まれ、唇を噛んだ。涙が止まらない。

「達したようだね」

「……？」

言葉の意味が分からず、ジェンマは首を傾げた。一体、何に達したというのか。

「感じたってこと。気持ちいいと君の顔にはちゃんと描いてあった。……素敵だったよ、ジェンマ」

アンドレアの目には、恐れていたような軽蔑の色はなかった。ひどく幸せそうな笑みを向けられて戸惑う。

「……今の、は……気持ちがよくて、なったの……？」

「そうだよ」

あっさりと頷かれる。

「嘘、だって、……こんなの……」

湿った寝具を隠したくて体を起こす。アンドレアは気にした様子もなく、ジェンマに手を伸ばしてきた。

「どうしたの、そんな顔をして」

髪を撫でられる。優しい手つきで抱き寄せられた。

「……だって、こんな……こんなの……」

寝具は濡れてひんやりとしている。粗相ではないのだと分かっても、いたたまれなさは消えなかった。体はまだふわふわして落ち着かない。

「ここは、濡れていい場所だよ」

開いたままのジェンマの脚を、アンドレアが撫でた。

「気持ちよくて、感じると、濡れる。そうしないと、僕を愛せないだろう？」

アンドレアの言っている意味が、よく分からなかった。彼はジェンマの頬をそっと撫でてキスをすると、寝台に膝立ちになる。

彼がゆっくりと夜着を脱ぎ捨てるのを、ジェンマは呆然と見ていた。闇に慣れてしまった目には、彼の肌が放つなめらかな光沢も、引き締まった体もよく分かってしまう。

妹のような存在だった幼馴染は、こんなにも美しい、男性になっていた。瞬きを忘れていると、アンドレアが口角を引きあげて笑った。

「どうしたの、そんな顔をして」

アンドレアが近づいてくる。寝具に隠れていた下腹部より下が目に入りそうで、ジェンマは顔を伏せた。

その先にあるものを、自分はまだ、知ってはいけないはずだ。

「ジェンマ」

大切なものであるかのように優しく名前を呼ばれ、頬を包まれた。アンドレアの緑の瞳は熱を帯びてきらきらと輝いている。

「好きだよ」

アンドレアの唇が紡いだ、好きという言葉はあまりにも柔らかかった。疑うことが許されないような繊細な響きに包まれる。

——好き。アンドレアは、私が好き。

目の前がぐるぐると回る。ジェンマもアンドレアを好きだ。でもそれはきっと、彼とは違う種類だと思う。

だけどそれを今、うまく伝えられる術がない。ジェンマは自分を組み敷くアンドレアを見上げた。

「君のすべてが欲しい」

額にそっと唇が落とされる。それから眦にも。そうされてやっと、ジェンマは自分が涙を流しているのだと気がついた。

アンドレアの手が膝裏にかかる。大きく広げられた脚の間に彼は膝をついた。

「……アンドレア、……私は」

自分が何を言いたいのかも分からないまま口を開いた。アンドレアは目を細め、なに、と優しく問いながら、ジェンマの太ももに手をかけた。

「あっ」

脚を更に広げられる。濡れた秘所をめくるようにそっと撫でられてから、熱くて硬いものが押し当てられた。その正体が何かを考えるより先に、それはジェンマの中へ、入ってくる。

「っ……！」

体を裂くような痛みに貫かれた。狭いところをこじ開けられ、悲鳴にもならない声が迸る。

「……いたっ……いや、……いたいっ……」

押し込められる熱さと大きさに、ジェンマは涙を零した。焼けたような熱さに耐えられない。

「や、め……、っ……うっ……」

「うん、……ごめん、もう少し、力を抜いて。君を傷つけたくない」

宥めるように太ももや膝を撫でながら、アンドレアが入ってくる。彼の、……体の一部が。こんなことは夫以外としてはいけないと、ジェンマは知識としてちゃんと知っていた。だから拒まなければと頭では分かっていて、それなのに指の一本すら自分の意思で動かせずにいる。

「あ、……やっ……」

閉じようとする脚は広げたまま固定され、恥ずかしいところも全部、アンドレアに見せる形になった。

「はぁ、……きつい、な……すごい、気持ちいい……」

アンドレアは息を荒くしながら、寝台に手をついた。唇に息がかかる。そのままどちらともなく、唇を合わせていた。

「ん、ふっ……」

柔らかな感触が気持ちいい。痛みから逃げるように、ジェンマはキスに夢中になった。アンドレアの舌は歯の形をゆっくりとなぞってから、頬の裏側へと伸びてくる。行き場に迷っていた舌に吸いつかれ、軽く歯を立てられた。

ぞくぞくとした痺れが背中に走る。うまく呼吸ができなくて、息が上がった。何も考えられないほど口づけに酔っていたジェンマの腰に、アンドレアの腕が回る。

「……あ、っ……」

何かを突き破るような衝撃に、ジェンマはのけぞった。自分でも知らなかった深いところを開かれて、息が止まる。

「っ……」

目も口も閉じられない。逃げようとする体を引き戻され、硬くて熱いものが狭いところをこじ開けた。

「ん、……分かるかな、……ひとつに、なったよ」

ほら、とまるで存在を主張するようにアンドレアが腰を揺らした。そうすると驚いたようにジェンマの内側は収縮する。鈍い痛みにジェンマは眉を寄せた。

「……おおきい、……なんでっ……」

自分の中へ埋められたものの大きさも形もはっきりと分かる。信じられないほど大きく熱くて、火傷しそうだ。

「君が大きくしたんだよ」

アンドレアの声は弾んでいた。彼はジェンマの胸の膨らみに手を伸ばす。

「ここも、硬くなってる」

「やっ」

小さな尖りを指に挟まれる。強く摘ままれ、体が跳ねた。

「気持ちがいいの？　中がまた濡れてきた」

アンドレアはゆっくりと腰を引く。顔をじっと見られているのが分かって、ジェンマは手の甲で隠そうとした。だけどその手を摑まれ、寝具に押しつけられてしまう。

「感じている顔、全部見せて」

目を細めたアンドレアは、ジェンマに軽く口づけてから動きだした。少し存在に慣れたものが引き抜かれて、驚いて閉じたところをまたこじ開けられる。

「……ん、っ……」

体を繋げたらそれで終わり、ではなかった。ジェンマの体を優しく撫でながら、アンドレアは探るように動きだした。

貫かれる角度が、深さが変わる。切ないような疼きに包まれて、ジェンマは頭を打ち振った。受け入れた部分が潤みだしていく。それがアンドレアを助けるのか、彼の動きが徐々に速くなった。その勢いで乳房が揺れてぶつかりあう。

「ふふ、ここもかわいい」

ジェンマの手首を解放したアンドレアは、繋がった部分に指を伸ばした。確かめるように撫でた後、小さな突起を押しつぶす。

「あっ、……んっ……」

普段は意識もしない、小さなそこに血が集まっていく。硬く膨れた突起を摘まれて、ジェンマの全身が波打った。

「ん、……奥から、締めてくるね。気持ちいいよ」

今、ジェンマの体の中で何が起きているのかを、アンドレアが口にする。自分の反応を教えられてもいたたまれなさが募るだけなのに。

誰かと体を繋げることが、こんなにも羞恥と戦わなければいけないことだなんて知らなかった。

「君が好きなところを教えて。……指で触れた時は、ここ、だと思ったけど」

「あっ……」

浅いところを強めに擦られると、そこから痺れが全身へ広がっていく。体が熱くて、今にも燃えだしそうだ。

これが気持ちいいものかどうなのかは分からない。ただ鼓動は跳ねあがり、体温は上昇し自然と腰が揺れてしまう。そして気がつけば、ジェンマはアンドレアの動きに合わせるようにして、ぎこちなく体を揺らしていた。

「……やっ、……だめっ……」

指で触れられて粗相したかのような事態に陥った場所を、昂ぶりが擦る。ジェンマは身をくねらせた。口をつくのは明らかに感じ入った声だ。

「君の中が熱くて、……蕩けそうだ……」

うっとりとした声と共に、アンドレアがジェンマの顔を挟むように手をついた。

「あっ、……ああっ」

体が浮き上がる。それを引きとめるようにきつく抱きしめられた。

ぴったりと隙間なく密着した肌は、どちらも汗に濡れている。アンドレアの重さで乳房が潰された。

「……っ……」

奥を突かれる。寝台が揺れるほどの激しさに翻弄《ほんろう》され、ジェンマはたまらず、アンドレアにしがみついた。このままだと体が浮き上がってしまいそうで怖い。

「アンドレア」

無意識に彼の名前を口にした瞬間、目の前が白く光った。雷のような衝撃に身を縮める。手足の指が丸まって、震えが止まらない。

「くっ……」

苦しそうに呻いたアンドレアから力が抜けた。次の瞬間、何かが弾けるような感覚があった。

「んっ……全部、君の中に……」

腰を揺らしながらアンドレアが囁く。そうしてたっぷりと中に放たれる熱の意味なんて、ジェンマには分からなかった。

聞き慣れない鳥の声がする。軽やかな音色が、眠りの底に沈んでいたジェンマの意識をゆっくりと引きあげた。

朝を告げる鳥だろうか。瞼をあげたジェンマは、目に映ったものをぼんやりと眺める。

ここはどこだろう。

見知らぬ天井に寝具、背中の温もり。戸惑うジェンマを宥めるかのように、後ろから腕が回された。

「おはよう」

耳をくすぐる声が、ぼんやりとしていた意識を鮮明にした。

「……アンドレア？」

「他に誰がいるの？」

くすくすと軽やかな笑い声を立てて後ろから抱きしめてくるのは、アンドレアだ。ジェンマは今、彼と寝台の中にいた。

「……えっ……」

胸に触れる手に目を見張る。背中に彼の体温を直接感じて、振り返った。

「……いや……」

ジェンマ自身もアンドレアも、衣服の類を身につけていなかった。咄嗟に寝具で体を隠そうと伸ばした手は、簡単に封じられる。

「隠す必要はないよ。僕はもう、君の体のすべてを知っている」

後ろから回された腕が、ジェンマの胸の前で交差した。膨らみを潰したその腕に力がこもる。浮き上がった筋が男らしい。

「それに、昔から一緒に寝てきたよね」

アンドレアは甘えるように頬を寄せてきた。

「それは……あなたが……女の子だと思っていたからよ」

「そうだったね。君にとっての僕は、幼馴染の少女のままだった。――でも昨日、違うって分かったと思うけど」

うなじに唇が触れた。くすぐったさに肌の表面が粟立った。

「素敵な夜だった。僕は君のすべてを愛したんだよ」

うっとりとした声が背中に落ちてくる。骨を確認するかのように歯を立てられた。

「んっ」

鈍い痛みに声を上げる。それに満足したのか、アンドレアが小さく笑った。

「そろそろ起きようか」

背中から体温が離れていく。そこに寂しさを覚えた自分に驚きながら、ジェンマは振り返った。

寝台に手をついたアンドレアが微笑む。愛おしそうな眼差しがくすぐったい。どくんと大きな心音がした。

「まずはチョコラータを持ってこよう」

「……いらないわ」

首を横に振ってから、ジェンマは顔を伏せた。

「じゃあ外で食事をしようか。そうだ、その前に……ちょっと待っていて」

アンドレアはジェンマの髪をそっと撫でる。それからぎしりと寝台が音を立てた。服を着ている気配の後、扉が開いて足音が遠ざかっていく。

ジェンマは横たわったまま、寝具を抱きしめた。昨夜、ここの寝台で、すべてをアンドレアに許してしまった。

同意もなく組み敷かれ、奪われた。アンドレアがまるで知らない男のように見えて怖かった。痛くて苦しかった。消え入りたくなるような羞恥も、自分が自分でなくなってしまうような、あの奇妙な感覚も恐ろしくて、――。

「……は、ぁ……」

思い出しただけで、ジェンマの体は熱を持つ。頬が上気するのが自分でもはっきりと分かった。たまらず自分の体を抱きしめる。勝手に体温が上がってくのをどうにかしたくて息を吐いた時、扉が開いた。

アンドレアが戻って来る。寝台に近づいてくる彼を見て、無意識の内に後ずさっていた。

「どうしたの、そんなに目を潤ませて」

微笑んだ彼は寝台に片膝をついて、左手でジェンマの髪を撫でた。

「これ、君のために用意したんだ。着てみせて欲しいな」

彼の右手にあったのは、ジェンマの瞳と同じ色のドレスだった。胸元に金色の宝石のようなボタンが並んでいる。

「着るのは僕が手伝おう。僕以外の誰にも、君の肌を見せたくはないからね」

ほら、と差しのべられた手とアンドレアの顔を見比べる。

「これを、私に？」

「そうだよ。昨日のドレスは汚れてしまったから、今日はこれを着て」

にこにこと笑いながら、アンドレアはジェンマを起こそうとする。慌てて手を引いた。

「どうしたの？　着せてあげるよ」

アンドレアはジェンマの頭をそっと撫で、優しく言った。だがその目には、有無を言わさない強引さが見えている。

アンドレアは既に服を身につけているが、ジェンマは全裸だ。明るい室内で体を見られるのはいやで、消え入りそうな声で訴える。

「……下着は、自分で着させて」

それを聞いたアンドレアは、一度ゆっくりと瞬いた。それから表情を緩めて、大きく頷く。

「じゃあ僕は後ろを向いているから、その間に着て」

「分かったわ」

ジェンマは寝具で隠すようにして体を起こした。眠る時に身につけた下着はどこにあるのかと見回す。寝台の隅にまとめられているのを見つけて手を伸ばした。

「……これ」

昨夜、脱がされたものと似ているけれど、違う。ジェンマは振り返った。アンドレアは寝台に腰かけて背中を向けている。

これも彼が用意したのだろうか。疑問に思いつつ、他に着られるものがないので身につける。胸元が少しきつい。

「もういいかな？」

「……ええ」

自分の体を抱きしめるように隠す。こちらを見たアンドレアは嬉しそうに近づいてきた。じっとりと、湿度の高い眼差しに包まれる。アンドレアは特にジェンマの腰のあたりを気にしていた。

「うん、いいね。じゃあこれを着て」

差し出されたドレスを着るために、寝台から出る。ドレスはとても軽かった。袖を通し、腰回りと丈を調節する。

「ぴったりだ」

正面のボタンを留め、背中のリボンを結んだアンドレアは満足そうに言った。

「これ、いつ用意したの」

こんなにちょうどいいサイズで作れるだろうか。施された細工から考えて、このドレスは一晩で用意できるようなものではない。下着だってそうだ。

「君の父上から肖像画の依頼をいただいた時だよ」

答えに目を見張った。ジェンマがここに来る前に、ここまで用意していたのか。

「僕が選んだドレスを着た君が描きたいと思ったから。想像以上によく似合っているね。素敵だよ」

再びジェンマの全身をじっくりと眺め、アンドレアは褒めてくれる。自分では選ばない色だけど、本当に似合っているのだろうか。そしてなにより、どうしてこんなにぴったりなのか。

「……どうして私のサイズを知っているの？」

思わずそう聞いた自分は悪くないとジェンマは思った。いつも仕立ててもらっているドレスと同じくらいぴったりなのが怖い。

「君の家が懇意にしている仕立屋にお願いしたんだ。君に贈るものを作って欲しいって」

納得する答えが返って来た。そういった形でドレスを送ることは不可能ではない。

「他にも何着か用意してある。あとで運ぶから、明日は君が好きなものを着るといい」

「明日？」

さも当然のようにアンドレアが言い切った言葉が気にかかる。

「そう。君はしばらく、この城にいることになる。馬車は修理中だからね、仕方がないだろう？」

「でも」

今日は少なくとも別宅に帰るつもりだった。それさえも許されないのか。

「君の父上には僕から連絡しておこう。もしかすると代わりの者が来るかもしれない。その時はまた考えよう」

いいね、と目を見つめて言われた。静かな迫力に圧されてジェンマは頷いた。

「さあ、もう日が高くなってきた。食事にしようか」

手をとられ、そのまま朝食をとる部屋へ移動する。

アンドレアはまるで侍従のように甲斐甲斐しくジェンマの世話を焼いた。おかげでジェンマがしたことと言えば、口を開けて噛んで飲みこむことだけだ。

開け放たれた窓からは、果樹が実っているところだけでなく、王宮や大聖堂、そしてアウレリオ伯爵家の建物も確認できた。

味もよく分からないまま朝食が終わる。手を引かれて立ち上がり、歩く。そうして気がつけば、ジェンマはアトリエにいた。

「さあ、座って」

用意された椅子に腰を下ろす。アンドレアがジェンマの肩に触れ、体の位置を調整するのを、どこか他人事のように見ていた。

まるで夢の中にいるようだ。心が体から抜けてしまった。

アンドレアが少し離れた場所で準備を始める。絵の具のにおいが漂ってきても、ジェンマはただじっと椅子に座っていた。

キャンバスの前にアンドレアが立つ。視線がゆっくりと、でも確実に、絡みついてきた。アンドレアが筆をとると、彼のまとう空気が変わる。

昨日と同じだ。アンドレアは画家の顔になって、筆を走らせている。

この絵は、結婚のために用意されるものだ。だけど、自分はもう処女を奪われてしまった。夫となる人に捧げるものを失ったのだ。キャンバスの向こうにいる、彼によって。

アンドレアと体を重ねた。初めての経験だった。体の奥を穿《うが》たれる感覚を思い出して、ジェンマは身震いする。

夫婦になると誰でもあんなことをするのだろうか？

知識として知っていたことは、現実とはあまりに違った。ひどく恥ずかしくて、苦しい時間だった。とんでもない格好で、体を晒して、明け渡して。

ジェンマはそっとドレスを握った。夫でもない人に純潔を奪われた自分は、結婚を望まれる立場ではもういられないのではないか。

どうしよう、どうなるのだろう。こんなことは誰にも相談できない。かといって、考えても答えは出せそうにない。

頭が痺れたように思考が回らなくなる。だがアンドレアはじっとそこにいるジェンマに構わず、筆を動かしていた。

彼は画家の顔をしていた。昨夜、あんなに愛しそうに自分を見ていた人とは、まるで別人だ。

好き、と言ってくれた。だから彼は、自分を抱きしめたのか。ぼんやりとしていた視界が少しずつ色を濃くしていく。

アンドレアと目が合った。彼は瞬きを忘れたかのようにじっとジェンマを見ている。視線が熱を帯びて絡みついてくるのが分かって、息を呑んだ。

「……っ……」

視線に、抱きしめられる。眼差しを向けられたところからアンドレアの体温が伝わってきた。わずかにでも動けば、そこを視線が撫でた。

服越しに体まで見透かされているような気がする。息を詰めてしまったジェンマは、呼吸の仕方を忘れた。どうやって息を吸って、吐いているのか、分からない。呼吸が乱れても戻す術がなく、胸を上下させる。

「……疲れたかな？　そろそろ休憩をしようか」

アンドレアが手を止めた。いつものように彼は手を拭ってから、こちらに近づいてくる。

ふぅ、と吐いた息が、自分でも熱かった。

「そうね、少し、疲れたわ。何か飲み物を……」

ジェンマはその時、無意識に扉のほうを見ていた。呼べばタッデオが来る気がした。しかし彼は今、この城にはいない。

「ジェンマ」

気がつけばすぐそばにアンドレアがいた。彼はジェンマの肩を抱いて、耳元に囁く。

「君に触れたい」

拒みたかった。伸ばされた手を払って、逃げ出したい。でもジェンマにはできなかった。アンドレアの熱っぽい眼差しが、ジェンマから抵抗を奪うのだ。

拒んだら彼が傷つく。嫌いと言って、と彼は寝台で言った。彼はきっと、ジェンマに嫌われることに怯えている。それを分かっていて彼を突き離し、彼を傷つけるなんて、どうにもできそうにない。

「君を見ていたら、我慢できなくなってしまうね」

愛しそうな目で見られても、どうしていいのか分からない。ジェンマは眉根を寄せた。

表情の変化を見たアンドレアの手が離れていく。

「怖いかな？　僕は君を怖がらせたいわけじゃない」

「……」

言葉が喉に絡まって、何も言えない。俯いたジェンマの顎に指がかかる。

「僕は君の笑顔が好きだ。笑ってくれないかい」

軽く顎を持ち上げられた。困ったような顔をしたアンドレアは、ちょん、と唇が触れるだけのキスをしてきた。

そのキスが、ジェンマの意識を鮮明にしてくれた。

ここは彼のアトリエだ。二人きり、今にも再び唇が触れそうな距離だ。

「……どうして」

アンドレアの唇を避けて問う。

「どうして、こんなことを、するの……？　今まで絵を描いた人にも、したの……？」

「愚問だね。君が好きだからに決まっている。昨夜、あんなに言ったのに信じてもらえなかったかな」

剣呑な光を向けられて、ジェンマは慌てて首を横に振った。

「違うの、……んんっ……」

続く言葉ごと、口づけられた。強引に唇をこじ開けられる。このまま一方的に翻弄されてしまいそうな予感に震えるしかできない。

「もっと教えてあげないと」

ね、と耳を撫でられた。そのままアンドレアの指は頬から首を撫で、腰に回る。引き寄せられて、倒れこむように彼の腕の中へ収まった。

「君の目によく似た色だと思っていたけど、やっぱり違うね。君の瞳のほうが美しい」

ドレスをめくり上げながらアンドレアはうっとりと呟く。露わになったふくらはぎを撫でられた次の瞬間、強く抱きしめられた。

「んっ」

下唇を吸われて、薄く開いた隙間から舌を差し込まれた。ジェンマになすすべはなく、されるがままだ。尖らせた先端でくすぐられると、口が大きく開いてしまう。無防備な唇は弄ばれた。

立っていられなくなりそうで、ジェンマはアンドレアにしがみつく。小さく笑う気配がする。口内のすべてじっくりとなめまわされる頃には、すがりついていないとその場に崩れ落ちそうだった。

「ジェンマ、……かわいい、……」

唇を離すと、アンドレアはひとり言のように、かわいい、と繰り返した。

「あっ、……だめっ……」

胸元のボタンは簡単に外された。アンドレアは迷うことなく下着の中に手を入れてきて、強引に乳房を露出させる。

「い、ゃ」

胸元に強く吸いつかれ、足が震える。ふらつくジェンマの体を抱えたアンドレアは、左手で器用にドレスをめくった。露わになった太ももを撫でまわされる。

抵抗しても封じられるだろう。いつも穏やかなアンドレアとは思えない乱暴な仕草が怖い。怯えが顔に出たのか、アンドレアの手が止まる。

「ごめん。焦ってしまったよ」

宥めるように目尻に唇が落とされた。

ジェンマは自分がよく分からなくなっていた。頭では拒んでいるのに、アンドレアに触れられると体が抵抗を忘れる。彼が触れた部分が熱を帯びて、それがやがて全身に伝わってしまうのだ。

「ゆっくり、優しく、……愛してあげないと、ね」

アンドレアはジェンマの唇に指を滑らせた。唇をめくるように中へ入れられる。硬い指先が舌の表面を撫でた。

上あごや舌の裏を擦られ、溢れた唾液を指に絡める。たっぷりと濡れた指を引き抜かれて、ジェンマは直視できずに目を閉じた。

「……あれ」

濡らした指が下肢へ伸びる。そこに触れたアンドレアが、わざとらしい声を上げた。

「指を濡らさなくてもよかったかな。君のここ、……こんなに、蜜が溢れてる」

「あっ……」

昨日貫かれたばかりの秘部は、触れられただけで音を立てるほど潤っていた。指先でなぞられると、体から力が抜けてしまう。

腰の奥が重たい。勝手に熱くなる体をジェンマはもてあました。こんなの自分じゃない。否定したくて首を横に振る。

「こんなに濡れて、いやらしいね」

アンドレアの指が丁寧に内側を探った。くちゅくちゅと濡れた音が立つ。かき回すような指遣いがたまらない。

「い、やっ……」

どうしてじっとしていられないのだろう。勝手に腰が揺れてしまう。

「君が好きなのは、……ここ、かな」

「……あ、っ……」

アンドレアの指は的確に、ジェンマの弱い場所に触れていく。柔らかな部分をかき回され、粘膜をくすぐられて、呼吸が浅く、乱れていく。

「もう一本、指を入れてもいい？」

わざわざそんなことを確認されたって、どう返していいか分からない。答えられないジェンマの体を抱きなおすと、アンドレアが耳に唇を寄せてきた。

「ねぇ、ジェンマ。昨夜はここに、僕が入ったんだよ」

耳朶を噛みながら囁かれる。ゆっくりと、形を教えるように指が入ってくる。狭いところを押し広げ、指が増やされた。

揃えた指を出し入れされる。派手な水音を自分が立てているなんて、信じられなかった。

「僕の指を気に入ってくれたかな」

嬉しそうに言い、アンドレアが少し体を離した。右手をジェンマの中へ埋めたまま、左手で乳房を掴む。

「あっ、だめっ……」

内側から体が蕩けていく。どこにも力が入らずその場に崩れ落ちそうで、ジェンマは咄嗟に椅子の背に捕まった。

「いいね、……この構図で君を描きたいな」

アンドレアはジェンマの中から指を引き抜くと、後ろに立って腰に手を回した。

胸元ははだけ、左側の乳房が露出している。ドレスはすっかりめくりあげられ、足は丸見えだ。ひどくはしたない格好に涙が滲む。

「やめて、こんな……」

「やめないよ、こんなに素敵なのに」

ジェンマ、と耳に囁かれる。その声は毒だ。甘すぎて、ジェンマは指先まで痺れたように動けない。

「……ああ、素晴らしい。僕に愛されることを知っている体だ」

蜜をかき混ぜる音が室内に響く。はぁはぁという荒い呼吸が重なる。ジェンマの鼓動はどんどん速くなった。

こんなことをされてはいけないのに。そう考えるほど、体の芯が震えてしまう。自分の反応が分からない。

「もういいね、君を中から愛したい」

指が引き抜かれる。濡れた秘所を広げられ、熱いものが宛てがわれた。何度か先端を擦られ、捏ねられると、もどかしさが湧いてくる。

アンドレアの言う通り、ジェンマの体はもう知っていた。この熱くて硬いアンドレアの欲望が何を望み、何を与えてくれるのかを。

「あっ……！」

高く掲げた腰を摑まれ、そのまま後ろから貫かれる。一気に奥まで届いた衝撃に、ジェンマは声を上げた。

「いい声だ。もっと聞かせて」

「……や、だ、めっ……んっ……」

自分でも信じられないくらいに甘く濡れた声が出るのを止められない。首筋に当たるアンドレアの吐息も熱く乱れていた。

「僕が選んだものを着ている君を、こうして抱きしめられるなんて、夢みたいだよ」

アンドレアはジェンマの腰を撫でた。

「ここに来た日、君のドレスのラインは少し崩れていた。下着が合っていなかったのかな？　張り骨なんていらないよ、君はそのままで美しいのだから」

「……ん、……あっ」

腰のラインを何度も撫でられる。再会した日、ジェンマは下着がきつくて少しずらしていた。そんなところまで彼は見ていたと知って恐ろしくなった。

「ああ、ごめん、こっちも触って欲しいみたいだね。気がついてあげられなくてごめんね」

乳房を下から包まれて、指の間で突起を挟まれる。軽く引っ張られたら、ジェンマの内側が蕩けだした。

潤った粘膜が、アンドレアに絡みつく。まるで奥まで誘うかのような動きをジェンマは恥じた。

「どうしたの、そんなに奥に欲しいの？　……いやらしいね」

背骨を確認するように撫でおろされ、ジェンマはのけぞった。ドレスから溢れた乳房をアンドレアが鷲摑む。

「ん、……こんなに奥まで、入っちゃってもいいの？」

アンドレアは探るように腰を進めてくる。潤んだ粘膜を擦られ、奥を突かれたら、ジェンマは体を揺らして喘ぐしかできなかった。

「感じてるね。……素敵だよ、ジェンマ」

嬉しそうな声が背中に落ちてくる。アンドレアはジェンマの腰が下がらないように片手で抱くと、体を叩きつけるように動き始めた。

「ん、ぅ……っ」

全身を揺さぶられる。あまりの勢いに左足が浮いて揺れる。苦しい。だけど恐れていたような痛みはなかった。

「……あっ……、そんなに締めないで。もっと君を味わいたい」

「あ、……あっ……」

円を描くように中を捏ねられる。ぐちゅっと大きな音に耳を塞ぎたくなった。

「……や、待って、……そこは……」

アンドレアの手が前に回される。脚の付け根に隠された、敏感な突起を無造作に摘ままれて、ジェンマは息を詰めた。体がばらばらに壊れてしまいそうで怖くて、椅子に爪を立てる。

「ふふ、こんなに硬くして。……君はここを撫でられると、気をやってしまうんだ」

言い終えると同時に、アンドレアはジェンマの小さな尖りを撫でた。びくびくと跳ねた体を体重で抑えて、そして彼は、そこを弾いた。

「んんっ」

衝撃に全身が波打つ。一瞬体が浮いて、それから落とされる。びりびりとした痺れに全身が貫かれて、ジェンマは呻いた。

苦しくて、辛いのに、体が熱くてたまらない。勝手に腰が揺れ、濡れた粘膜がアンドレアを包むように絡みつく。

「ああ、……もうもたない……ジェンマ、僕の全部、……受けとめて」

アンドレアが息を詰めたのが分かった。腰を摑まれる。重たい突き上げに骨まで震えた瞬間、ジェンマの中で熱が弾けた。

「……あ、……だめ、……熱い……」

叩きつけるように注がれるものが何か、よく分からないまま口走る。そのまま自分が燃えだしそうで怖い。

「はぁ、……だめだ、止まらないよ……」

きつく抱きしめられてジェンマは小刻みに震えた。また体が浮いてしまいそうだ。

「……ん、こんなに、たくさん……」

アンドレアが体を離すと、繫がったところから何かが溢れる。ぶるりと震え、その場で沈みそうになったジェンマを、アンドレアは抱きとめて向き合う形にした。

「っ……ぁ……」

後頭部に手が回されて、息を奪うようなキスをされる。舌を吸われ、先端に嚙みつかれる。お互いの呼吸が落ち着くまでそうした後、アンドレアがはぁ、と息をついた。

「ごめんね、夢中になりすぎたよ」

椅子にジェンマを座らせると、アンドレアは背を向けて下肢を拭った。それからジェンマの足元に跪く。

「ドレスが……」

胸元が露出している上、一部が湿って色が変わったドレスのふしだらさに泣きたくなる。

「君が感じてくれた証だ。恥ずかしがる必要はないよ。でも脱いだほうが、君のすべてに触れられるね」

脱ごうか、と言われて、答えるより先にリボンを解かれた。するりとドレスを脱がされる。まだ荒い呼吸のまま、彼はジェンマを軽々と抱きあげた。そのままあぶなげない足取りで扉を開く。

そこには大きな寝台があった。そっと、大切なもののように横たえられる。ジェンマは目を閉じた。まだ体が熱を持っていて、冷たい寝具が気持ちいい。

アンドレアが服を脱ぐ音が聞こえる。自分は一体、何をしようとしているのだろう。一度だけではなく二度も彼を受け入れて、そしてまた、許そうとしている。

拒まなくてはいけない。ジェンマは寝具を握った。――でも、でも。

体にくすぶる熱がもっと欲しいと訴えていて、理性を塗りつぶそうとする。頬にアンドレアの手が触れ、そっと撫でられる。

ジェンマは薄く目を開けた。蕩けそうな笑顔のアンドレアが、好きだ、と唇が離れる度に囁く。その言葉はまるで魔法のように、ジェンマの頭を白く染めた。

「タッデオの様子を見に行きたいの」

ジェンマがそう言ったのは、絵のモデルを始めて六日目の朝だった。

ジューニからタッデオの話は聞いているが、やはり心配だ。ジェンマを城から出そうとしないアンドレアに反対されるかと思ったが、意外にもあっさりと承諾された。

「僕と一緒なら構わないよ。じゃあ今日は、村へ行こうか」

早速支度をしよう、とアンドレアは言って、ジェンマに口づける。

彼と目覚める朝に、ジェンマは慣れはじめていた。ジェンマとアンドレアは毎晩、同じ寝台で眠っている。口づけから始まる夜の意味は分かっていても、ジェンマは抗えなかった。

この城の中にいて、アンドレアに微笑まれると、ジェンマは頭に霧がかかったように何も考えられなくなる。

まるで魔法にかかっているみたいだ。伸ばされた腕を拒めず、流されるままジェンマはすべてを与えてしまっていた。

「今日はこれにしよう」

アンドレアは装飾の少ないシンプルなドレスを着せてくれた。普段よりは質素だが、とても軽くて動きやすい。

タッデオが怪我をしたあの日から、ジェンマはずっとこの城にいる。別宅に戻らなくとも不自由がないのは、アンドレアが何もかも用意していたおかげだ。一体どれだけドレスを仕立てていたのかは、聞いても教えてくれなかった。

果実中心の簡単な朝食の後、ヴェロネージ公爵家の紋章をつけた馬車で山を下りた。馬従者とジューニが馬を走らせる。客車の中でアンドレアはずっと、ジェンマの手を握っていた。何も言わず窓の外を見ている彼の表情が読めない。

「……ねぇ、ひとつ聞いてもいい？」

タッデオが世話になっているのはふもとの教会だ。そこに公爵家の契約医がやって来て診療しているらしい。

「なにかな？」

アンドレアはジェンマの手を握り直して微笑む。

「教会で診てくださっているのは、あなたの主治医だった方なの？」

昔はこの城内にアンドレアの専属医がいた。ジェンマも何度か顔を合わせている。小さな傷も丁寧に手当てしてくれる、優しくて穏やかそうな中年の男性だった。

「彼は二年前に亡くなった。今はその息子の代になっているよ」

「そう。あの先生が、お亡くなりに」

ジェンマは心の中で感謝の祈りを捧げた。

「あの教会だよ」

まだ山道も途中かという場所に、古い教会があった。馬車が正面で停まると、中から神父が出てきて迎えてくれる。

「お久しぶりです、アンドレア様」

「急なお願いを聞いてくれてありがとう」

「お世話になっております」

ジェンマが頭を下げると、初老の神父はいいんですよ、と笑ってくれた。

「先生は往診で留守ですがね。アンドレア様にお会いしたがっていましたよ」

「今度、城に顔を出すように伝えてください」

アンドレアは丁寧に返した。

「はい、伝えておきます。……タッデオさんはこちらです。どうぞ」

教会の裏にある住居部分へと案内してもらう。旅人が泊まることもあるという棟の一室に、タッデオはいた。

「ジェンマ様、わざわざありがとうございます」

寝台に腰かけていたタッデオは顔色もよく、元気そうだ。いつもきっちりと着込んでいる彼の軽装はひどく新鮮だった。

「この度は申しわけありませんでした」

声にも張りがある。ジェンマはほっと胸を撫で下ろした。

「あなたは悪くないわ、タッデオ。具合はどう？　足を怪我したと聞いたけれど」

タッデオの足に目を向ける。左足が包帯にくるまれていた。

「もう問題ありません。あと数日は様子を見るということなので、代わりの者をよこすようにとお父上にお願いしたく……」

「それには及ばない」

ジェンマの後ろに立っていたアンドレアがにこやかに割って入った。

「アウレリオ家にはもう詳細を連絡してあります。今後もジェンマは僕が責任を持って預かります。あなたはどうぞ、しっかり怪我を治してください」

丁寧な口調で言い切ったアンドレアは、ジェンマに目を向けた。同意を求められているのだと察して、でもジェンマは、何も言えなかった。

「……」

このままずっとあの城で過ごすのか。漠然とした不安に目が泳ぐ。

「ジェンマ様、ご不便なこともありましょう。何か必要なものはありますか」

タッデオがジェンマに問う。探るようなその眼差しで分かった。タッデオは、ジェンマの様子がおかしいと気づいている。

「大丈夫よ。アンドレアがなんでも用意してくれるの。……着替えのドレスもすべて、私にぴったりものを誂えてあったの」

これでタッデオにジェンマの状況が伝わるだろうか。ゆっくりと瞬いたタッデオは、静かに頷いた。

「私のせいでお手数をおかけしております」

「……君のせいではないよ」

アンドレアは静かに言った。

「そうよ、あなたが気に病むことはないわ。あなたが止めてくれなければ、私も怪我をしていたと思うの。どうもありがとう」

「滅相もございません。馬車の管理も私の仕事です」

ジェンマとタッデオのやりとりを、アンドレアは一歩引いて見ていた。その視線の冷たさが気になる。

「とにかく、元気になったら一緒に帰りましょう」

ジェンマは明るい声でそう言い、タッデオの手をとった。

「しっかり治してね」

「はい、ありがとうございます」

タッデオはジェンマの手を握ると、大きく頷いてから、アンドレアを見た。

「ジェンマ様をよろしくお願いします」

二人の視線がぶつかり合う。アンドレアは口元を引き結んだ。

「……約束しよう」

普段よりも低い声で言い、アンドレアはジェンマとタッデオの手をやんわりと解いた。

「あまり長居しても疲れてしまう。そろそろ失礼しよう」

「そうね」

促されてジェンマは立ち上がった。タッデオが心配そうにこちらを見やる。大丈夫、と首を縦に振ってから、アンドレアの手をとった。

「お大事に」

部屋を出て、神父にもう一度、挨拶をする。医師が不在なのは残念だが仕方がない。

タッデオの見舞いを終えたジェンマは、アンドレアと共に教会を出た。隣を歩くアンドレアの横顔を見る。不機嫌に見えるのは気のせいだろうか。

アンドレアの様子を気にしつつ、馬車に乗る。このまま城へ帰るのかと思っていたが、アンドレアは山を下りて村に行きたいと言った。

「構わないかな？」

「ええ、行きましょう」

ジェンマは素直に返事をした。このまま城に戻っても、ここ数日と同じく、アンドレアと二人きりでアトリエで過ごすだけだ。それならばもっと、外の空気を吸っておきたい。

「一緒に買物をしよう」

「買物？」

アンドレアの口から出るとは思ってなかった単語に首を傾げる。

「そう。店に入って、欲しいものを自分で選ぶ。そんな買物をしたことはある？」

「ないわ」

ジェンマにとって買物とは、家にやってきた商人から何か買うことだ。店には入ったことがない。そもそも一人での外出すら未経験だ。

「じゃあしてみよう」

アンドレアの指示で、馬車は村の中心部に停められた。大きな通りの両側に店らしきものが立ち並んでいる。人が多く、とても賑《にぎ》わっていた。

「ジューニ、君はここで待っていて」

「かしこまりました」

「じゃあジェンマ、おいで」

いつの間か機嫌を直していたアンドレアの手をかりて、ジェンマに村に降り立った。そこでまず目に入ったのが、色とりどりの果実が並んだ店だった。

「ここはメルカートだ」

メルカートという名前は聞いたことがある。なんでも売っている場所だと、確かエレナが言っていた。

「ここが……？」

果実に野菜に花と、たくさんの色で溢れている。さまざまなにおいが混ざって鼻に届いた。

「うん、そうだよ。何か食べてみようか」

アンドレアは入口そばの店で、黄色い果実を選んだ。支払いは渡されたお金でジェンマがした。初めてのことに胸が高鳴る。店にいた女性はにこにこと笑っていた。

「はい、ありがとう」

果実は軽く拭って差し出された。ジェンマも礼を言って受け取る。そのやりとりをアンドレアが微笑ましく見守っている。

「……買えたわ」

「うん、よくできたね。こっちで食べてみようか」

店の前から少し離れたところで、アンドレアに勧められるまま、おそるおそる食べてみる。歯を立てた瞬間に迸る果汁と、果肉の瑞々しさに驚いた。

「おいしい……」

なんの加工もしていない、名前も知らない生の果実が、こんなにもおいしいなんて知らなかった。

「食べながら歩こう。行儀は悪いかもしれないけど、たまにはいいよね」

ジューニがいたら怒られる、とアンドレアが笑う。

「タッデオも怒るわ」

「……そうだろうね」

一瞬だけアンドレアの表情が固まった。

果実を齧りながら、メルカートの中を二人で歩く。初めて見るものばかりで物珍しい。

ジェンマのドレス姿も目を引くようで、視線を感じた。

「アンドレア様ではないですか」

声をかけて来たのは、ジェンマの父親くらいの年頃の男性だった。恭しく頭を下げる男性に続いて、周りの人々も続く。

「僕はただ買物に来ただけだよ、そんな大げさな」

周囲の人のアンドレアを見る目は尊敬に満ちている。アンドレアはそれを驕らず、卑屈にもならずに受け入れている。貴族として理想的な振る舞いだ。

話しかけてくる人に対応しながら、アンドレアは歩きだした。メルカートを抜けて扉の前で足を止める。

「悪いけど、ここから先は仕事なんだ。またね」

優しいがきっぱりとアンドレアは言い切った。それからジェンマの背に手を回し、入ろう、と促した。

音を立てて開いた扉の内側は、宝石箱をひっくりかえしたようだった。壁はすべて棚になっていて、色とりどりの石が並んでいる。

物珍しさに負けてジェンマはアンドレアの後に続いた。色が洪水のように溢れているのに、なぜか調和がとれている。不思議な空間の突き当たり、小さな台のところに、老人が座っていた。

「こんにちは、久しぶり」

人間一人分の通路を抜けて、アンドレアが老人に近づいた。

「これはアンドレア様、お待ちしておりました」

老人がゆっくりと立ち上がる。長衣をまとった姿は、物語に出てくる賢者のようだ。

「アッズーリテが手に入ったと聞いたよ」

「ええ。聞いていた銅山とは違うところですが、いい色です」

老人は後ろの棚に手を伸ばした。その時にアンドレアの後ろにいるジェンマに気がついたのだろう、片眉を上げる。

「先生のモデルさんですか」

質問にどう答えるべきか分からず、ジェンマはアンドレアを見上げた。

「そうだよ。僕の幼馴染でね」

アンドレアは楽しげにそう返した。

「素敵なお嬢様だ」

老人にじっと目を見られている。心の中まで読まれてしまいそうな居心地の悪さを覚えて、ジェンマは視線を逸らした。

「なるほど、これほどとは思いませんでした。こんなに美しいならば、この石でよかったかもしれません。お望みの色に近いと思います」

老人は青く輝く石を台に置いた。アンドレアの顔がぱっと音を立てたかのように輝く。

「こちらでどうでしょうか」

「すごくいいね」

アンドレアは石を持ち上げてまじまじと見る。

「ジェンマ、君の顔をよく見せて」

「私の顔？」

なんのために、と聞く前に、アンドレアが石をジェンマの顔の横に並べる。

「君の目の色にするんだよ」

「この石を？」

石に目を向ける。深みのある青だ。アンドレアのアトリエにある、宝物と呼ばれる石に似ている。

「そう。これをすりつぶして絵具を作る」

「これが絵具に？」

驚いたジェンマはまじまじと石を見た。美しく輝くこの石が絵具になるなんて信じられない。

「ところで、マラキーテはあるかな」

「ええ、もちろん」

老人は棚を眺め、すぐに緑色の石を出してきた。アンドレアが手にとって、ジェンマの肌に合わせる。この色に覚えがある。彼が最初に着せてくれた、ドレスと同じ色だ。

「どうです」

「いいね、いい色だ。これを貰おう」

アンドレアはそう言って、腰に下げていた袋から何かを取り出した。

「ありがとう。これはお礼だよ」

「いつもありがとうございます」

老人は深々と頭を下げた。アンドレアは他にも石や油を選んで買い、店を出る。

「いつもこんなふうに買物をしているの？」

店での買物に慣れている様子のアンドレアに尋ねる。彼は石や油が入った布袋を手にして笑った。

「たまにね。自分でたくさんの中から選ぶことは楽しいし、欲しい時に手に入るのは便利だから」

なんでもないことのように言うけれど、ジェンマにとってはどれも新鮮なことだ。

メルカートに戻ると、アンドレアは少し早足になった。声をかけられないようにしているのだろう。それでも何度か呼びとめられて、その度にちゃんと言葉を返している。アンドレアがこの地で慕われているのが分かって、ジェンマはくすぐったい気持ちになった。

「お帰りなさいませ」

馬車を置いた場所に戻ると、ジューニが迎えてくれる。

「いや、まだ途中なんだ」

アンドレアは石や油の入った袋を馬車に載せた。それからジェンマに向き直った。

「もう一か所、君を連れていきたいところがある。少し歩いてもいいかな」

「構わないけれど、どこへ行くの？」

「あそこだよ」

アンドレアが指差したのは、村の中心に建つ大聖堂だ。荘厳な建物は、隣国との境にあるこの地域の象徴として存在している。ジェンマも幼い頃に何度か礼拝で来たことがあった。

「見ておきたいものがある。行こうか」

差しのべられた手をとる。そのまま手を繋いで歩いた。まるで子供の頃のようだ。城の中に輪を散歩するとはいつも、こうして手を繋いだ。

聖堂の、門のような大きな扉は開いていた。繋いだ手を解き、厳かな空気に足を踏み入れる。入ってすぐ右手の壁に、大きな絵があった。この地域に伝わる聖人の物語だ。他人への嫉妬《しっと》に苦しみながらも、神を信じて自分を犠牲にする姿が描かれている。

その絵に、どこか見覚えがあった。ジェンマは隣に立つアンドレアを見る。

「もしかして、これはあなたが描いたの……？」

「そうだよ。僕が描いた」

アンドレアはなんでもないことのように言った。だが大聖堂の絵は高名な画家に依頼されるような仕事だ。

自分とそんなに年齢が変わらないのに、アンドレアはもう、立派な画家としてこの地域で受け入れられているのだ。そう知ったら、なんだか急に、彼が遠い人に感じてしまう。

「すごいわ……」

「依頼があったから描いただけだよ。それよりジェンマ、君、そこに立ってくれるかい」

アンドレアが指差したのは、ちょうど絵のすべてが見える場所だった。言われるまま進んで振り返る。

「……これでいい？」

アンドレアは目を細め、後ずさる。満足する位置を見つけたのか、頷いた彼は、キャンバスに向かう時の顔に変わった。

「そのまま、絵を見ていて」

彼が何をしたいのかよく分からないが、とにかくジェンマは正面の絵を見た。この地域の守護聖人の最後、嫉妬や物欲といった罪を捨て、天へと昇っていく姿は、これまでに何度も見たモチーフだ。

昇天直前の守護聖人は恍惚《こうこつ》とした顔をしている。その表情、特に目が、アンドレアの手によるものだと一目で分かるほど特徴的だった。

今にも動きだしそうなその絵を見ていたジェンマの背中には、アンドレアの視線が注がれている。見なくたって分かるようになってしまった。

ジェンマは心もち顎を上げて、目を閉じた。アンドレアの目に今どんな光景が映っているのか想像する。

「……ありがとう、ジェンマ」

柔らかな声に振り返る。アンドレアはいつものように微笑んでいたが、目元に鋭さが残っていた。

「君がいて、……初めてあの絵が完成したよ」

アンドレアの呟きの意味が、ジェンマはすぐに理解できなかった。

「……それは、どういう意味なの？」

アンドレアのもとへ歩きながら問いかける。彼は聞こえなかったのか、それともわざとか、答えずに背を向ける。

「待たせてごめん」

行こう、と伸ばされた手をとっていいのか迷う。アンドレアはゆっくり瞬いてから、ジェンマの手を握った。

「どうしたの？」

「……なんでもないわ」

たぶん今、ジェンマが何を聞いてもアンドレアは答えないだろう。手を繋いでいるのに、彼との間に一枚の布があるような隔たりを感じる。

教会を出る前に、ジェンマは振り返って絵を見た。ちょうど自分がいた位置に少女が立っている。

「……あっ……」

守護聖人が少女に微笑んでいるように見える。アンドレアはきっと、この構図で自分を見ていたのだ。

「じゃあ帰ろうか。疲れただろう？」

「ええ、少し」

言葉を交わしながら馬車に乗りこむ。帰りの山道でアンドレアは何か言いたげにしていたが、結局は何も言わなかった。

ヴェロネージ公爵家の城が見えてくる。戻って来てしまった、とジェンマはどこか他人事のように思った。既に日が沈みはじめていて、オレンジの光が城を包もうとしていた。

門を抜けた馬車は、正面の塔ではなく、居住部分の柱の前で停まった。

「ここがアトリエに一番近いから」

アンドレアはそう言ったけれど、同じ柱が連続しているので、ジェンマにはここがどこかよく分からなかった。後からどの扉かと聞かれても答えられないだろう。

「これから絵を描くの？」

「いいや、今日は描かない。でもこの絵具をアトリエに置いておきたい」

絵具らが入った袋をアンドレアは手にした。

「君もおいで。聞きたいことがある」

「……聞きたいこと？」

なんだろう。ジェンマはジューニが開けてくれた扉から建物へ入った。階段のすぐ近くに出たから、アトリエまではすぐだ。

アンドレアが先に階段を上がって、アトリエの扉を開けた。彼は袋をテーブルに置いたまま、顔を伏せている。ジェンマは首を傾げた。

「聞きたいことって、なにかしら」

声をかけた次の瞬間、ジェンマはアンドレアの腕の中にいた。抱きしめるというよりはすがりつくという表現がふさわしい強さに瞬く。首筋に彼の髪が当たった。

「どうしたの？」

様子がおかしい。ジェンマはアンドレアの顔を見ようとしたができなかったので、彼の服を軽く引っ張った。

「……君とタッデオはどんな関係なのかな」

押し殺した声が問う。アンドレアはジェンマの肩に額を預けた。

「関係って……、私が小さい頃からよくしてくれる、父の側近よ」

今更、何を気にしているのだろう。ジェンマには不思議でたまらなかった。

「うん、それは分かっている。そうじゃなくて、……男として、魅力的だと思っている？」

「？　まさか」

あまりに予想外の問いに、ジェンマは呆けた声を出してしまった。アンドレアが顔を上げ、息が触れ合う距離になった。

「本当に？」

射抜くような眼差しに目を見開いた。アンドレアは本気で、ジェンマとタッデオの関係を疑っている。ジェンマは首を横に振った。

「誓って、ありえないわ」

使用人に恋する友人がいたから、疑う気持ちも分からなくはない。だがジェンマに限ってそれはなかった。タッデオはあくまで父の側近で、特別な感情なんてない。——なにより、ジェンマは誰かに恋心を抱くことさえ、よく分かっていないのだから。

「ありえない？」

「ええ」

目の奥まで探るようにじっと見つめられても、やましいことがないから逸らしはしなかった。ただ胸がちくりと痛んで、それをどうにかしたくて、アンドレアの服を強く握る。

こんな距離でいられる異性なんて、アンドレアしかいないのに。この近さに慣れてしまったのも、アンドレアが手を伸ばしてきたからなのに。

「……信じよう」

ごめん、とアンドレアは言って、ジェンマの肩に手を置いた。ゆっくりと体を離した彼は、ふらつく足で椅子に腰を下ろした。

「疑って申しわけない」

両手で顔を覆ったアンドレアが背を丸める。その姿を放っておけなくて、ジェンマはその場にしゃがみこんだ。

「ねぇ、アンドレア」

自分よりも色の薄い金髪に触れる。彼が今、どんな顔をしているのか知りたくて、顔を覆う指を握った。

ゆっくりと指を外していく。アンドレアは泣く寸前のような顔をしていた。

「あなたのことが、よく分からないわ。どうしてタッデオとの関係を疑うの？」

「……君が、彼の手をとったからだ」

引こうとしたジェンマの手をアンドレアが握った。

「それだけ？」

咎めるつもりはなかったが、少しきつい口調になってしまった。アンドレアは黙って頷いてから、大きく深い、息を吐いた。

「分かってる、分かっているんだ、君が彼に特別な感情を持っていないって。でも彼はどうだ？　もし彼が君をと考えたら、胸が痛くなって、それで」

一息で言った後、アンドレアは肩を落とした。ジェンマはかける言葉を見つけられず、かといってこの場から動くこともできなかった。

「……君を好きすぎて苦しい」

絞り出されたその言葉が、ジェンマの胸に突き刺さった。

好きすぎても苦しくなるの？　誰かを好きになるって、幸せな気持ちで満たされるだけじゃないの？

頭の中で疑問がぐるぐる回る。でもそのどれも口にできず、ジェンマはただ、アンドレアの手を握っていた。


その夜、ジェンマは食事を終えるとすぐに与えられた部屋へ向かった。ジューニの指示で侍女がつけられてはいるが手伝いは断って、一人で体を清める。

この部屋にあるドレス等の衣服や首や髪に飾る宝飾品から、室内に広がる薔薇の香り、そして本にいたるまで、すべてアンドレアが選んだものだ。その中でジェンマが最も気に入ったのは、上質な絹の夜着だった。

肌触りのいい夜着をまとい、寝台に横たわる。読みかけの本を手にとって開いたけれど、一文字も頭に入ってこなかった。

アンドレアは今、何をしているのだろう。

無意識の内に空けている寝台の左側を見やる。彼は夜が更けてからここへやってくる。それまで何をしているのか、そういえば今まで考えたこともなかった。

ここ数日、ジェンマはずっとぼんやりとしていて、夢の中にいるようだった。でも、今は奇妙なほど冴えている。魔法が解けたのだろうか。

本を閉じた。眠れそうになくて起き上がろうとしたのと同時に、扉が開く。燭台を手にしたアンドレアが立っている。

「まだ起きていた？」

「ええ」

彼は当然のように寝台へやって来て、燭台を置き、ジェンマの隣に寝転がった。鼻をくすぐるのは、絵具のにおいだ。

「……絵を描いていたの？」

「うん、どうしても描きたくなって」

アンドレアが身を乗り出してきた。啄ばむようなキスをされて、髪を撫でられる。まるでそうするのが日常であるかのような自然さで、何度も繰り返された夜が始まろうとしていた。

「……あっ、……」

腰にアンドレアの左手が回り、抱き寄せられる。体の半分くらいが彼に乗る形になって、ジェンマは慌てた。

「ここに手をついて、ほら」

導かれるまま、アンドレアの顔のすぐ横に手をついた。彼を見下ろす角度は新鮮だ。蕩けそうな笑顔を浮かべた彼が、再び口づけてくる。唇の表面を舐められ、上唇を舌で辿られた。わずかにできた隙間から唇を割られて、中を舐められる。

「……んっ……」

溢れた唾液を啜《すす》られる。耳を塞ぎたくなるようないやらしい音に身震いした。

「……好きだよ」

アンドレアの指が、髪を耳にかけてくれる。切なげな眼差しと共に囁かれる言葉が、今夜はひっかかった。

「……ねぇ」

頬に触れるアンドレアの手に、自分の手を重ねた。

「あなたは私を好き、と言うけれど。……どうして好きで、……なぜ、苦しいの」

疑問をまとまらないままぶつけてしまった。アンドレアは戸惑ったように固まってから、苦笑した。

「急に、どうしたの」

「……知りたくなった、から。……私の、どこが好きなの……？」

口にしながら、ジェンマは情けない気持ちになった。こんなことを聞いてしまうのは、きっと自信がないせいだ。

三回も縁談を断られた自分の、一体どこをアンドレアは好きになってくれたのだろう。

「ぜんぶだよ」

アンドレアは微笑みながら続けた。

「君のぜんぶが、僕は好きでたまらない」

腰に回された腕に力が入り、いっそう近くへ引き寄せられる。アンドレアに体重のすべてがかかる体勢に慌てて起きようとしたけれど、強く抱きしめられてできなかった。

「でも、……ぜんぶ好きでも、あなたは苦しいの……？」

ジェンマはアンドレアの夜着を握った。好きと苦しいという気持ちは相反していると思っていたが、違うのだろうか。

「そう。……好きだから、苦しい」

ぐるりと視界が回った。背中から優しく寝台へ下ろされる。

「うまく言えないけど、とにかく……君は僕のすべて、なんだ」

すべてという漠然とした表現と、引き結ばれた唇から、彼の迷いが伝わってきた。

「君にうまく伝えられないのが、もどかしいね」

目を伏せたアンドレアの瞳が揺れる。

彼は、何かを隠している。ジェンマの直感がそう告げていた。でもそれを追求すべきかどうか迷っている内に、アンドレアは腕を解いてしまう。

「もう寝ようか」

アンドレアはそう言って、燭台の炎を消した。ジェンマに寄りそって横たわった彼は、おやすみ、と言った。――それだけ、だった。

彼が起きている気配はする。でも何も言わず、触れてもこない。アンドレアとの間に見えない布がかかっているかのようで、声をかけることも憚《はばか》られた。

拒まれているのかもしれない。ジェンマは体を横に倒して、アンドレアに背を向けた。

ぜんぶが好き、好きだから苦しい。アンドレアが言ったことをうまく呑みこめないのがもどかしい。

ジェンマには、好きなものがいっぱいある。自分で選んだドレス、父がくれた楽器、母から譲りうけた宝飾品。兄たちからプレゼントされた本や、姉が刺繍を施してくれた礼拝用のベール、弟が手に入れてきた髪飾り。形ある物だけでなく、自室の窓から見える風景、タルトの焼けるにおい、咲き誇る花の香りといった、触れたら幸せな気持ちになるものまで。

もちろん、アンドレアも好きだ。でもその好きという気持ちは、彼がジェンマに向けてくるものとは違う気がする。

だって、苦しくない。

ひどいことをされていると思う。同意もなしに純潔を奪われたのは、彼の好きという言葉で許せるようなことではない。彼の住むこの城からジェンマが自由に出歩けない状況と合わせて考えれば、悲しみ嘆いたとしても許されるだろう。

だがジェンマには、そういった感情が不思議なほどなかった。それよりも、どうしてアンドレアが自分を好きだと言って求めるのか、その理由ばかりが気になってしまう。

どれだけ考えてもきっと、アンドレアが何をどう思っているのか、彼自身が話してくれない限りは分からない。ジェンマにできることはきっと、待つことくらいだ。

いつの間にか浅くなっていた呼吸を落ち着かせるべく、ジェンマは深く息を吐いた。アンドレアが身じろぐ。彼もまだ起きているのだろう。でも彼が何も言わないから、ジェンマも黙って寝具に頬を預けた。今はとにかく、早く眠ってしまいたい。

「……」

アンドレアは何も言わず、右手に絵筆を持ったまま、ジェンマを見ている。

なんとか眠りについたジェンマが目を覚ました朝、寝台にアンドレアの姿はなかった。彼が眠っていた場所に手を伸ばし、温もりも消えていることにジェンマは自分でも驚くほどがっかりした。その意味を考える間もなく、迎えにきたジューニによって朝食の席につく。だがそこにもアンドレアの姿はなかった。彼は早朝からアトリエにこもっているのだという。

一人での味気ない食事の後、ジェンマはアトリエに向かった。

「……おはよう、アンドレア」

扉は開いていて、アンドレアがキャンバスに向かっていた。木製のパレットには暗い色が並んでいた。

「おはよう。よく眠れたかな？」

ジェンマを招き入れたアンドレアは、いつもと同じ笑顔を浮かべている。どうぞ、と椅子を引かれて、ジェンマは素直に腰を下ろす。

「朝食を一緒にとれなくてごめんね。どうしても早く描きたかったから」

「構わないわ」

アンドレアはジェンマの姿勢を確認すると、走るようにキャンバスへ向かった。こちらを向いた時にはもう彼から表情は抜け落ちていて、視線だけがただ熱かった。

――それからずっと、アンドレアは無言で集中している。ただひたすらに筆を走らせる姿を邪魔することはできない。ジェンマはアンドレアの視線が発する迫力に耐えながら、同じポーズを保ち続けた。

だがずっと動かずにいるのは疲れる。どれくらい時間が経ったか分からないが、喉も渇いていた。ジェンマが休憩を申し出ようとした時、扉がノックされた。その音に驚いたのか、アンドレアが手を止める。

「失礼します、アンドレア様」

ジューニが扉を開けて顔を出した。彼はアンドレアのもとへ行くと、耳元で何か告げる。アンドレアの左眉が跳ねた。

「何があったのかな。分かった、すぐ行く」

アンドレアは苛立った様子を隠そうとせずに筆を置くと、手を拭った。

「ごめん、ジェンマ。少し待っていてくれるかな。急な来客があって」

「構わないわ。ここで休んでいるから」

慌ただしくアンドレアが出て行く。アトリエで一人になったジェンマは、立ち上がって軽く腕を伸ばした。手足の感覚を取り戻してから、大きく息を吸う。

アンドレアが戻ってくるまで少し歩きたくて、室内を見て回る。絵具のにおいがするアトリエにもすっかり慣れた。

いつもアンドレアがいる位置に立つ。目の前の肖像画は、もう完成に近いようにジェンマには見えた。そこにいるのは幸せそうに微笑む自分だ。白く美しい肌、ほのかに色づいた頬、少し開いた唇と、そのどれもが自然で美しい。緑色のドレスは触れたらきっと柔らかいだろう。レース飾りの繊細さにはため息がでる。

目だけはまだ描きこまれていなかったが、それでもきっと、素晴らしい絵になるのだと分かる。

幸せそうなこのジェンマは、誰のところへ行くのだろう。想像したら落ち着かない気分になって、ジェンマは絵に背を向けた。

アンドレアは綺麗好きなのか、棚は整頓されている。並んでいるたくさんの石は、すべて絵具になるのだろうか。

宝物の石が目に入る。その横には昨日買ってきた石が並んでいた。

触ってもいいのか判断できないので、棚に顔を近づけて見る。すると頬に、ほんの少しだけ、風を感じた。

　気のせいかと周囲を見れば、髪の一房が揺れるのが目に入る。

「……？」

　この風はどこから来るのだろう。ジェンマは棚の周辺を見回した。窓は開いていない。でも確かに、ひんやりとした風を感じる。

　手をかざし、感覚を頼りに棚の横にある壁に触れた。どこかに穴でも開いているのかと近づいた時、壁が横にずれた。

「あっ」

　壁だと思っていた部分は、横に開く扉になっていた。こちらはアンドレアの寝室とは反対側だ。一体何があるのだろう。

　横にずれた扉に目を凝らす。わずかな隆起を見つけて手をかけた。音もなく扉が開き、ひんやりとした空気を浴びる。

　薄暗く、小さな部屋だった。好奇心に勝てず、中に足を踏み入れる。絵具のにおいを濃く感じた。

「……これは……」

　壁一面に、絵が置かれている。近づいたジェンマは、息を呑んだ。

そこには、ジェンマがいた。幼い頃の姿で。

庭の木陰で眠っている姿、花を摘むところ。教会で祈る横顔。着ているドレスにも髪飾りにも覚えがある。風景画に見えた城の中庭の噴水前にも、水遊びしている金色の髪の少女がいた。

ぐるり、と周りのものが回る。ジェンマはその場に倒れそうになった。前後左右のどこにも自分がいる異様さに足が震えている。

誰が描いたものかなんて、一目瞭然だ。繊細で、柔らかな筆づかいと色に覚えがある。これはすべて、アンドレアの手によるものに違いない。

絵に溢れた部屋の中央には、三角形の棚があった。一枚の絵が載っている。それも自分なのだろうか。知りたいような、知りたくないような、相反する気持ちに揺れながら手を伸ばした時、背後から足音が聞こえた。

「ここにいたのかい」

後ろから伸びてきた腕が、ジェンマを抱きしめる。背中に感じる彼の体温に、ジェンマは自分でも驚くほどほっとした。それでも、どこからでも自分が見ている気がして、まだ怖い。震えそうな指先を握りこむ。

「……ねぇ、これは」

「秘密の部屋なのに、見てしまったね。悪い子にはおしおきをしないと」

遮るように耳元で囁かれる。軽やかな笑い声の裏に拒絶を感じて、ジェンマは俯いた。

いつの間にこんなにもたくさんの絵を描いたのか。なんのために。背中に冷たいものが走って、身動きがとれない。

「ここはあまり空気がよくない。休むならアトリエに戻ろう」

その場で反転させられ、アンドレアの腕に抱きしめられる形になる。ジェンマは無数の視線から逃げるように、彼の胸に顔を埋めた。

「……ここ、私の絵ばかりね」

「そうだよ。ここにあるのは、全部君の絵だ」

アンドレアの指が髪に絡む。彼の心音がジェンマの耳に届いた。少し速いそれにつられるように、ジェンマの息が乱れていく。

「僕はずっと、君を描いてきたから」

肩に手が置かれて、引き離された。アンドレアは軽く首を傾げて口角を上げる。

「君を初めて描いたのは、……これだよ」

アンドレアは奥の壁に向かうと、小さな絵を取った。花を持つ幼い頃のジェンマの絵だ。はにかんだように笑っていて、自分でなければとてもかわいらしい少女と思っただろう。

気になるのは、花を持った右人差し指の、小さな傷だ。

「……これは、いつ描いたの」

人差し指に傷を作ったのは、薔薇の棘《とげ》に指をひっかけてしまった時だから覚えている。あの時、アンドレアは心配そうにジェンマが手当てされるのを見ていた。当然、絵を描いてはいなかった。

つまりこれは、アンドレアが記憶を頼りに描いた絵ということになる。それにしては、ドレスや髪飾りが細かく正確に描かれているのが恐ろしい。

「そうだな、……君と会わなくなった、次の夏くらいかな」

「次の夏……？」

ジェンマとアンドレアが最後に会ったのは五年以上前だ。そうなるとこれを描いた時、彼はまだ十歳ちょっとだということになる。

その年で、こんなに完成度の高い絵を描いていたのか。

絵とアンドレアの顔を交互に見る。彼は絵を左手に持つと、右手で絵を——ジェンマの頬を撫でた。

ぞわっと音を立てて毛穴が逆立った。頬に直接触れられたような錯覚で息が止まりそうだ。

「うん。僕はあの夏、初めて本格的に絵を描きはじめた。今見ると、やっぱりうまくないな」

照れたように笑いながら、彼は絵を元の位置に戻した。

「君のことを考えて描くのは楽しかった」

彼は絵がのった三角の棚を脇へ退けてから、壁を指差した。

「次はこれ」

正装したジェンマが馬車から降りてくる場面の絵だ。両親とこの城を訪れた時だから、ジェンマが十歳の時だろう。初めて自分の好みで仕立ててもらえたドレスで今も大事にしているので、よく覚えている。馬の毛並みまで分かるほど描きこまれていて、素晴らしい絵だ。

だからこそ、恐ろしい。記憶だけでこれだけのものを描けてしまうのか。それともアンドレアは見たものすべてを覚え、絵にする才能があるのだろうか。

「君の絵を描けば描くほど、僕は元気になった。特にこの、教会で祈っている姿を描いた時、全身に力がみなぎるのを感じた」

わずかに頬を紅潮させたアンドレアは、うっとりと目を潤ませた。

「僕は君を描き続けた。そうすると元気でいられるから。そうして描き続けて、今では薬も飲まなくていいくらい健康になった」

誇らしげに言い切ったアンドレアは、ジェンマの手をとった。

「これもすべて、君のおかげだよ」

「……私は、何もしていないわ。あなたが頑張ったのよ」

ジェンマは首を横にふる。病弱だったアンドレアが元気になったのは喜ばしい。そのきっかけもきっと絵を描くことだったのだろう。でもそれと、ジェンマ自身には関係がないように思える。

「いいや、君のおかげだ。僕の絵を初めて褒めてくれたのは君だった。君が僕に、……好きな人を描く幸せを、教えてくれた」

アンドレアが微笑む。その視線の先が、ジェンマには気になった。彼が見ているのは、はたして本物の自分なのだろうか。

「さあ、そろそろ絵に戻ろうか」

「……そうね」

アンドレアが部屋を出ようと促す。頷いたジェンマは、戻ろうとしてすぐ足を止めた。絵の中にいる自分からの視線で、目が回りそうだ。みんな幸せそうに笑っているのに、どうしてこんなに怖いのだろう。

「アンドレア、ひとつ聞いてもいいかしら」

出口へ向かうアンドレアの背に声をかけた。

「どうしたの、改まって」

「……あの絵が完成して私が帰ったら、あなたはここで、この絵たちと暮らすの？」

たくさんの自分に見つめられ、居心地の悪さを覚えながらも聞いてしまった。知らないところで自分を描いた絵が大切にされているのは、正直に言うと、少し不気味だ。

振り返ったアンドレアの顔から、表情が消えていく。彼はそっと視線を外して、感情の抜け落ちた平坦な声で言った。

「そうだね、……そうなるかな」

アンドレアがアトリエに戻る。途端に正体不明のものがまとわりついてくるような気配がして、ジェンマは逃げるように小部屋を出た。


「おはよう、ジェンマ。準備はできたかい？」

ジェンマがアンドレアの隠していた部屋に入ってしまった日から、彼は変わった。

いっそう口数が減った。夜だって、ジェンマが眠った頃に寝台に潜りこんでくる。挨拶のような軽いキスをした後は、ジェンマを抱きしめて寝るだけだ。朝には姿がなく、アトリエでやっと顔を合わせる毎日だ。

「ええ」

もやもやとした、言葉にできない感情を持て余してしながら、ジェンマは椅子に腰かけた。アンドレアの指示に従ってポーズが決まると、もう会話はない。

キャンバスの前にアンドレアが立つ。彼の表情が画家のものに変わってしまえば、ジェンマはもう何も言えなくなってしまうのだ。

アンドレアは筆をとらず、ジェンマを見ている。

見られている。視線が静かに、でも確実な熱を持って、絡みついてくる。指の一本すら、自分の意志では動かせない。

筆が動く。そこにはどんな色があって、どんな線になるのだろう。ジェンマには分からない。それがもどかしい。

アンドレアが目を閉じる。数秒後、彼は目を開けると、ジェンマをじっと見つめた。

眼差しが絡みついて動けない。浅い呼吸を繰り返しながら、じんわりと広がる熱に耐えた。息苦しさに混じるものは、恍惚《こうこつ》に似ている。アンドレアの視線はジェンマの心をかき乱した。少しずつ、確実に、体が中から溶けてくる。

「……っ……」

体の内側から溢れだしてくるものが止められない。

きっと頬が染まっている。勝手に開きそうになる唇に力を込めていないと、彼の名前を呼んでしまいそうだ。

熱い。苦しい。もっと、もっと……。

「——ジェンマ」

何度も呼ばれた名前が、特別なもののように聞こえた。甘い響きが耳から中に入ってきて、力が抜ける。

「ジェンマ、大丈夫かい」

不意にそばで声が聞こえ、現実に引き戻された。アンドレアが心配そうな顔をして横に立っている。

「なにかしら」

夢の中にいたようだ。ジェンマは笑顔を浮かべようとして、でも失敗してしまった。

「うっとりした目をしていたよ。どうしたの？」

「……別に、少し考えごとをしていただけよ」

一体どんな顔を晒していたのだろう。ジェンマは俯いて、乱れていた息を整えた。

「大丈夫なら続けるけど、いいかな。早く絵を仕上げたいんだ」

早く完成させたい。それはつまり、この時間を終わらせたいということだ。ドレスを握る。そうしないと震えてしまいそうだ。

アンドレアは、この絵を早く終わらせたい。それはもう、ジェンマといる時間を望まないということだろうか。

好きと言ってくれたのに、もう触れてもくれないの。——言えない言葉を胸に抱いたまま、ジェンマは微笑んだ。

「もちろん、続けてくれて構わないわ」

寂しいと言いたかった。だけどアンドレアの集中を乱してしまうような言動はできなくて、感情を呑みこむ。

「……いや、やめておこう」

アンドレアはジェンマの髪に触れると、優しく乱した。たったそれだけのことで、ジェンマはみっともないくらいに胸を高鳴らせてしまう。何かがおかしい。まるで自分の体が自分のものではなくなってしまったみたいだ。

「でも」

「ちょうどやっておきたいことがあるんだ。君は少しこのまま休んでいて」

そう言うと、アンドレアは奥にあるテーブルを片付け始める。彼の視線が外れ、ジェンマは椅子の背に体を預けて、息をついた。少しずつ、熱が引いていくのが分かる。

落ち着きを取り戻したジェンマは立ち上がった。

「何をしているの？」

アンドレアはテーブルに、小さめの大理石を置いた。その周りに、青と緑の石、鉢にすりこぎ、槌《つち》、へら、棒とナイフといった道具を並べる。

「絵具を作る。君も手伝って」

「楽しそうね」

ジェンマは目を輝かせた。どんな風に石が絵具になるのか、興味があった。

「これがアッズーリテ。深みがあって綺麗な青だろう。これが君の目の色になる」

アンドレアは青い石を手に取った。次に緑を隣に置く。

「こっちのマラキーテは、君のドレスの色にする。まずはアッズーリテから」

青い石を手に取ったアンドレアは、鉢に入れるとすりこぎで潰し始めた。

「これで潰れるの？」

「うん、これで充分だよ。やってみるかい？」

好奇心を抑えられないジェンマに、アンドレアはドレスを汚さないように布と手袋をくれた。

すりこぎを手にして、鉢を磨る。硬いものが砕ける感触が指に伝わって来た。

「意外と簡単につぶせるのね」

「そうなんだ。本当はここで水洗いして、余分なものが入っていないか確認するんだけど」

アンドレアはジェンマの手を止めさせ、すりこぎの先を見る。

「これは綺麗だから、このままでいいかな。少し筆にひっかかるくらいのほうが、奥深さが出る」

アンドレアがちょうどいいと言うまで、ジェンマは石を磨った。隣でアンドレアは緑の石を布で包み、容赦なく槌で砕きはじめている。どん、どん、と大きな音がした。

「それは何に使うの？」

「君のドレスの色にする」

二人で並んで、石を粉状にしていく。子供の頃の遊びのように無心に作業をしていたら、なんだか楽しくなってきた。

石を砕き終わると、アンドレアは粉末状にした青い石を大理石の上に丸く置いた。中央に丸い窪みを作る。

「ここに油を入れる」

アンドレアは慣れた手つきで窪みに油を入れると、へらを使って石と油を練り合わせていく。

「素敵な色……」

石と油が混ざり、鮮やかな青が出来上がる。まるで魔法のようだ。ジェンマが見惚れていると、アンドレアはそこに白い粉を入れた。

「この石は油絵には向かないと言われている。油と混ぜると、色が暗くなるから。でも僕は、それが魅力だと思う」

今度は棒で、青と白を捏ねる。みるみる内に青は白を呑みこんだ。

「君の瞳は濃いから、これくらいがいい」

アンドレアが棒を持ち上げた。とろりと光沢のある絵具ができていた。満足がいく出来なのか、アンドレアが顔をほころばせる。

「……石が絵具になったわ！」

アンドレアの手によって、石は絵具になった。うつくしい青に目が奪われる。

「この作業、気に入った？」

「ええ。そっちの緑もやるの？」

布で包んだままの緑の石を指差す。

「うん、これを詰めてからね」

アンドレアは絵具をナイフで広げてから、丁寧に集め直した。それをナイフでとり、小さな陶器の壷《つぼ》に入れ、羊皮紙《ようひし》でくるむ。

「これで少し馴染むのを待つ。出来上がったら、君の目が描けるね」

アンドレアはその絵具を愛おしそうに両手で包む。

「目は命だよ。目を描いた時、その絵には命が吹き込まれると、僕は思っている」

「命が……？」

ジェンマは肖像画に目を向けた。あの絵に、命が吹き込まれる……？

「そう。僕は、絵に命を吹きこむんだ」

うっとりと呟いたアンドレアに、言葉を失った。彼が見ている先にいるのは、ジェンマではなく、ジェンマの肖像画だ。あの絵に命を吹き込まれたら、一体どうなってしまうのだろう。想像することすら怖くて、ジェンマはそっと、アンドレアから目を逸らした。


月が美しい夜だった。差しこむ光を眺めつつ眠りについたジェンマは、アンドレアが部屋にやって来た物音で、目を開けた。

窓の外、夜の色は薄くなっている。こんな時間まで、アンドレアは何をしていたのだろう。

「おやすみ」

アンドレアは小さな声でそう囁き、ジェンマの髪に口づけた。そのまま彼は、すぐに寝息を立ててしまう。

だがジェンマはすっかり目を覚ましてしまっていた。もう一度眠ってしまおうと目を閉じても、眠くなるばかりか、どんどん頭が冴えていく。諦めたジェンマは、寝台からそっと抜け出した。

アンドレアは寝具に頬を預けて眠っている。疲れているのか、眠りは深そうだ。

闇に目が慣れるのを待ってから、足音を立てないように気をつけて部屋を出る。誰もが寝静まった深夜、明かりのない廊下は不気味だ。

それでも向かった先は、アンドレアのアトリエだった。アンドレアは夜、換気のためだといってアトリエの扉を開けている。中に滑りこんだジェンマは、物にぶつからないように奥へと進み、隣の部屋への扉を開けた。

ジェンマの絵ばかりがある小部屋だ。気になっていたのは、三角形の棚に置かれた大きめのキャンバスだ。アンドレアはこの絵だけを隠そうとしていたように見えた。何故そんなことをしたのか、これはどんな絵なのか、ジェンマはどうしても知りたかった。

小部屋の中は、独特のにおいに満ちている。たぶんアンドレアは寝る直前まで、ここで絵を描いていたのだろう。

どんな絵があるのだろう。キャンバスの正面に回ったジェンマは、絵と向き合った。

「……どうして」

そこにいるのは、今のジェンマだ。肖像画と同じ構図だが、着ているドレスが違う。この青いドレスには見覚えがある。アンドレアがジェンマのためにと用意していたものだ。

アンドレアは、同じ構図で絵を二枚、描いている。

アンドレアが何かを隠している気がしていた。それがこの絵だったのか。どうして彼は、わざわざ同じ絵を描いているのだろう。

かたん、と背後で物音がした。

「――これは、なに」

振り返らずに問う。誰が来たかなんて、確認しなくても分かる。アンドレアだ。

「美しいだろう」

うっとりとした声が背中にかけられる。

「……ええ、とても。私ではないみたい」

「いいや」

隣に並んだアンドレアは、ジェンマに触れず、キャンバスに向かう。

「これは今の君だよ」

アンドレアの熱を孕んだ眼差しの先にあるのは、キャンバスの中のジェンマだ。――私じゃない。

気がついた瞬間、言いようのない悔しさに襲われる。そこにいるのはジェンマであって、ジェンマではない。アンドレアが理想化した、女性だ。

どうして、私じゃないの。

心が叫ぶ。認めたくなかった。だってそんなの、ありえない。いくら素晴らしくても、これは絵だ。

でも、アンドレアがジェンマに触れなくなったのは、この絵があるからだとしたら。

足元が揺れている。目の前が急速に色を失って、ジェンマは唇を噛んだ。

「違う、……違うわ」

ここまで感情をもてあますのは初めてで、ジェンマはどうしていいか分からなかった。自分が何を求めているのかも、何を言いたいのかもよく分からない。

「……もう遅い。ゆっくり休もう」

アンドレアに肩を抱かれた。有無を言わさぬ力で引っ張られ、小部屋を出る。

扉が締められる直前、ジェンマは振り返った。薄暗い部屋の中央で、キャンバスの中にいる自分が笑っていた。


「ご心配をおかけしました」

翌日、元気になったタッデオが城に戻って来た。馬車の修理も終わったと報告を受ける。それを聞いたアンドレアは、アトリエで絵を描きながら、なにげないことのように言った。

「君も別宅に戻るかい？」

ジェンマは驚きすぎてすぐには返事ができなかった。

「いいの？」

「そのほうが君も落ち着くだろう」

アンドレアはジェンマを見ずにそう言った。それっきり彼は絵に集中してしまう。唐突に突き放されたジェンマは、椅子を背中に預けた。

彼が何を考えているのか、分からない。好きだと言って伸ばされた腕の温もりをまだ覚えているのに、なぜこんな風に突き放すのか。

アンドレアは筆を動かし続けている。もう彼の視線は感じない。彼が選んでくれた青いドレスを着ているのに。

ジェンマはそっと顔を伏せた。彼が集中して描いてくれている絵は、一体どこへ行くのだろう。また誰も受け取ってくれず、返ってくるのではないか。不安で胸がいっぱいで、ため息しか出なかった。

窓から差しこむ陽射しがオレンジに染まる頃、アンドレアは筆を止めた。

「今日はここまでにしようか」

ジェンマは無言で立ち上がった。アンドレアは目を細めて、ベルをとる。

「彼を呼ぼう」

「……お願いするわ」

アンドレアがベルを鳴らす。するとすぐに扉がノックされた。この回数はタッデオだ。

「失礼します」

扉が開き、タッデオが一礼する。

「ジェンマが帰るそうだ。支度を」

「……かしこまりました。すぐにご用意いたします。ジェンマ様、下でお待ちになられますか？」

どうしようか。答えに迷ったジェンマの背中を押したのは、アンドレアだった。

「下で待っているといい。僕はもう少し描いているから」

その優しい口調が、ジェンマをどれだけ傷つけているか彼は分かっているのだろうか。

薄く微笑む彼にジェンマは背中を向けた。

「そうするわ。……では、また明日」

「うん、気をつけて」

アンドレアに見送られ、アトリエを出る。タッデオは何も聞かない。だからジェンマは何も言わなかった。

馬車寄せに着く。一人になって、ジェンマは顔を覆った。勝手に目から涙が溢れてきそうだ。

胸が苦しい。好きと言ってくれたアンドレアはどこへ行ってしまったのだろう。

「ご準備ができました」

「……ありがとう」

そっと涙を拭って、馬車に乗りこんだ。城の門を出る前に振り返る。アトリエのある辺りを見たって、アンドレアが見えるはずもない。

門を抜け、山道を進む。客車の中でジェンマは、静かに涙を零した。

何が悲しいのかはよく分からない。ただ、アンドレアがこちらを見てくれなかった事実が、心にひっかかってとれないのだ。

山道を馬車がゆっくりと通る。別れ道を曲がると別宅が見えてくる。ここに来るのは久しぶりだ。

「おかえりなさい、ジェンマ様」

オネスタがにこやかに迎えてくれた。

「ただいま」

ジェンマも笑顔を作った。オネスタはさあどうぞ、と扉を開けてくれる。

「お荷物を運んで参ります」

タッデオが馬車に戻る。これから彼は部屋に荷物を運ぶだろう。

「喉が渇いたわ、何か飲み物があるかしら」

「はい、すぐお持ちしますよ」

オネスタが厨房へ向かう。その背中をジェンマは追いかけた。彼女にはずっと、聞きたいことがあった。

「お部屋にお持ちしますよ？」

訝しげな顔をするオネスタに、笑顔で答えた。

「いいの、すぐ飲みたいから」

「はぁ、そうですか。ではこちらへ」

滅多に入らない厨房へ足を踏み入れた。いろんなにおいが混ざっている。どこに何があるのか知りたいけれど、今はそれよりもすることがあった。

「ねぇ、オネスタ。ヴェロネージ公爵様のことを聞かせてくれる？」

ちらりと耳にしてから気になっていた。ヴェロネージ公爵は跡継ぎにアンドレアを考えているのではないかという噂だ。今はどんなことでも、アンドレアのことを知りたかった。

「公爵様のことなんて、私は詳しくは知りませんけど」

オネスタが首を捻る。

「アンドレアが家を継ぐようだって言ってたじゃない……？」

「……ああ、そのことですか。なんでもお兄さんはご病気だそうです。ジェンマ様はご存じではないのですか？」

話しながらオネスタは水をグラスに入れ、レモンを絞ってくれた。

「ありがとう。……お体を悪くされていると聞いているけど、そんなに深刻なの？」

「詳しいことは知りません」

オネスタは手を拭ってから、ジェンマに体を向けて声を潜めた。

「噂になったのは、アンドレア様が、女性用の衣服や装飾品をお求めになったからです。そろそろご結婚ではないかという話になって、それならアンドレア様が継がれるのでは、と」

「……そういうことなの」

話の経緯を理解して、ジェンマは苦笑した。アンドレアはあらかじめ、ジェンマのためにドレス類を用意していた。その一部を村で入手したのが噂の発端になったのだろう。

貴族は財産を保持するため、跡継ぎ以外の男子が結婚することは少ない。次男のアンドレアが結婚しそう、それならば跡を継ぐのではという推測が広まってしまったようだ。

「あくまで噂ですから」

ところで、とオネスタは笑いながら言った。

「アンドレア様がご用意されたのは、青いドレスに合う装飾品だそうです。……ジェンマ様、そのドレスはどこでご用意されました？」

「……」

飲もうとしていた水を吹き出しそうになり、ジェンマは慌ててグラスを離した。勝手に頬が熱くなる。

「こ、これは……」

目が泳ぐ。オネスタはすべてお見通しとばかりに、目を細めていた。

「別に、なんでもないのよ、ただ……彼が用意してくれていただけ」

嘘も隠しごとも得意ではない自覚があるだけに、どうしていいか分からない。ジェンマはグラスを頬に当てて、少しでも冷やそうとした。

「あの、……秘密に、してね。まだ何も、その……分からないから」

しどろもどろで言い訳する。オネスタは何度も頷いた。

「もちろんですとも」

オネスタはにこにこと笑いながら言い切り、さて、と声を弾ませた。

「今日はとびっきりおいしいお食事にしましょうね」

「……楽しみにしているわ」

ジェンマはレモン水を飲み干すと、厨房を出た。ちょうどタッデオが荷物を運び終えたところだった。

夕食までは部屋で休むことにする。ドレスのまま寝台に腰かけた。

オネスタとのやりとりで頭が痛い。彼女はきっと、ジェンマがアンドレアに求婚されたと思っている。でも事実は違うのだ。

ぼんやりと座っている間に食事の時間になった。オネスタの作る、素朴だけどおいしい料理を食べて、少し元気になったジェンマは、一人になった部屋でドレスを脱いだ。

体を清めて、夜着を身につけ、寝台に横たわる。一人で眠るのは、随分と久しぶりな気がした。

抱きしめてくれる腕がない。甘い囁きもない。愛用していたはずの夜着にも違和感がある。ごろりと寝台で転がる。窓の外はすっかり暗くなった。――今頃、アンドレアは何をしているだろう。

アトリエにいる彼を想像する。筆を持った彼が、ジェンマを見てくれる。思い描いただけで、胸がざわめきだした。

アンドレアはいつだって、ジェンマだけを見てくれた。嵐のような眼差しの強さが、心に刻まれている。

でも今、あの視線を向けられているのは、絵の中のジェンマだ。

美しい、と彼は言う。誰が、どう美しく、彼の目に映っているのか。

目を閉じて考えていたら、とても眠れそうになかった。ジェンマは寝具をぎゅっと握った。

夜がこんなにも長いなんて忘れていた。ジェンマは何度も寝返りを打ち、時にはため息をつきながら、朝がくるのをただひたすら待った。

「これは……」

ジェンマはアトリエに入ってすぐ、足を止めた。キャンバスが並べて置かれていて、そのそばに椅子がある。

「君に隠す必要はないかと思って」

手招きされ、アンドレアの横まで行った。彼が並んだ二枚の絵を指差す。椅子に座って色違いのドレスを着たジェンマが二人、並んでいる。

「綺麗だわ。私じゃないみたい」

「僕は見たままを描いているだけだよ。……さあ、ここに座って」

促され、ジェンマは椅子に腰かけた。

「この前、一緒に作った君の瞳の色だ」

アンドレアは木製の板に、絵具を出した。石を砕いて二人で作った、あの絵具だ。

「こんな色になるの」

作った直後よりも光沢のある青に目を見張る。

「そうだよ。さあ、これでこの絵に命をあげられる」

「……命……」

ジェンマは並んだ絵を見た。この二人に、命が与えられる……。それを拒んだら、アンドレアはどんな顔をするだろう？

「ジェンマ、こっちを見て」

鋭い声に顔を上げた。目の前に立つアンドレアが、じっとジェンマの目を見ている。無音だった。

時が止まったかのように、音も色も消えうせる。ただ木製の板にのった絵具と、絵の中のジェンマだけが鮮明だった。

アンドレアが筆をとる。目の奥まで覗きこまれるような眼差しに、体の奥が疼いた。もっと見て、そう言いたがる口元を引き締める。

触れたい。触れて欲しい。アンドレアの視線に包まれて、勝手に体が熱くなる。それをやりすごす術を、ジェンマは知らなかった。

苦しい。どうしようもなく、こんなにそばにいるのに、彼が遠い。

「……完成だ」

アンドレアが筆を置いた。ジェンマは目を伏せた。出来上がった絵を見るのが怖い。

「最後の仕上げは絵の具が乾いてから、数カ月先になる。その前にこれを、父上に見てもらう約束だから。ほら、見て」

ジェンマは顔を上げて、完成したという絵を見た。そこには美しい女性が並んでいた。もう少女とは呼べない、大人になろうとしている姿は、自分にしては美しすぎる。特にその青い瞳は、吸いこまれそうなほど魅力的だ。

「これが、私……」

「そうだよ。僕の自信作だ」

絵の中にいるジェンマは、幸せそうに微笑んでいる。この絵はこの城に残り、アンドレアに愛されるのだ。――そう思ったら、心が悲鳴を上げる。

「これで君をこの城に繋ぎとめる理由はなくなってしまった」

アンドレアは首を軽く傾け、目を細めて、ジェンマに唇を押し当てた。

表面を軽く吸われる。彼はジェンマの頬に手を伸ばした。しかし絵具に汚れた指で触れることをためらったのか、届く前に下ろしてしまう。

「んっ……」

視線は絡んだままなのに、唇は離れた。

もっと触れて欲しい。ジェンマは自分の中に芽生えた感情に戸惑いながら、アンドレアを見上げる。

「愛しているよ、ジェンマ」

アンドレアの声はわずかに震えていた。

「……うそ」

ジェンマは咄嗟に否定していた。だってそんなの、信じられない。彼が大切にしているのは、自分より絵ではないのか。

「嘘じゃない。本当は君を離したくない。――できるなら、君をこの絵の中に閉じ込めたい」

アンドレアは笑った。ジェンマの肖像画に向けて。

やっぱり、大事なのはその絵なの。胸の中でぐるぐると疑問が渦巻いて、ジェンマを締めつけていく。

「君にはひどいことをした。それでも、……僕は、君を愛し続けていいかい？」

ずるい人だ。強引にジェンマの初めてを奪ったのに、こんな形で選ばせようとするなんて。でもそれが彼の優しさだとジェンマは理解した。彼はジェンマの意思を尊重しようとしてくれているのだ。

「……少し、考えさせて」

ジェンマは目を伏せた。予想していた答えなのか、アンドレアの表情は穏やかだ。

「分かった。……待つ、よ。いつまでも」

アンドレアはジェンマに背を向けると、手を拭った。

「乾くまで、少し散歩でもしようか」

「そうしましょう」

わざとらしいくらいの明るさに応えるように、ジェンマも笑顔で頷いた。

最後の散歩は、中庭を一周した。特に話すこともなく、微妙な距離を保って終わりだった。


馬車に揺られて山を下りる。ジェンマの隣には、アンドレアが描いてくれた肖像画の一枚があった。緑のドレスを着ているものだ。

この城へ来た目的を果たした。だから帰る。それだけのことなのに、どうしてこんなに辛いのだろう。

振り返り、遠ざかって行く城に目を向ける。

アンドレアはこれからも、城の中で絵を描き続けるのだろうか。もう一枚の絵をずっとそばに置いて、そして。

キャンバスに向かって微笑むアンドレアを想像しただけで、胸が締めつけられる。絵の中の自分は幸せそうだ。でも、違う。あの絵の中にいるのは、——私、じゃない。

「……私だけを見て」

口にして初めて、ジェンマは自分の気持ちを知った。認めたくなかったこの感情の正体、それは嫉妬、だ。

アンドレアの視線を、自分だけのものにしたかった。でも彼の視線の先にいたのは自分だけではない。

布にくるまれた絵に目を向ける。アンドレアは同じ構図で二枚の肖像画を描いた。一枚を自分の手元に置くために。これから彼は、あの絵をジェンマの代わりにするのだろうか。どうして。私を抱きしめて、好きだと言ってくれたのに、絵を選ぶの。疑問がジェンマを苦しめる。

このまま山を下りたら、きっともうアンドレアと会うことはないだろう。本当にそれでいいの、と自分に問いかける。正直になって、本心をさらけだして。そう言い聞かせたら、迷うまでもなく結論が出た。

「……すぐに引き返して」

タッデオに声をかけた。振り向いた彼は、険しい顔をしていた。

「お断りします」

まさか反対されると思わなくて、ジェンマは言葉に詰まった。タッデオは続ける。

「城に戻るということが、どういうことか分かりますか」

「ええ、分かっているわ」

鋭い視線にも負けずに言い返す。その間も馬は走り続けていて、城はどんどん遠くなる。

「もういいわ、引き返さなくてもいいから、馬車を停めて。私はここで降ります」

「なりません」

タッデオは馬を止めてくれない。

「どうして？　決めたの。私は、アンドレアのそばにいる」

「しかし」

ジェンマは危険を承知で客車から顔を出した。タッデオはため息をついて、馬従者に合図を出す。馬車が速度を落とし、道の脇で停まった。客車から出ようとしたジェンマをタッデオが制した。

「もう一度、確認させてください。ジェンマ様、あなたはあの城に戻ることがどういう意味か、お分かりですか」

「もちろんよ」

強い眼差しを跳ね返すように胸を張った。意味も分からずにこんなことはしていない。

「本当に、お分かりなのですね」

念を押されて、ジェンマは強く頷いた。

「分かっているから、戻るの。――私は、自分で選びたいから」

誰かが決める縁談ではいやだ。自分で選びたい。それがわがままだと分かっているけれど、でも、ここで諦めたくなかった。

だって、……アンドレアのことが、好きだから。

認めてしまえば答えなんてひとつしかない。すぐに戻って、彼に抱きしめられたい。そして自分からも抱きしめたい。好きな人と結ばれる未来から遠ざかるのはいやだ。

「……」

タッデオは無言で前を見た。馬車が動きだす。話を聞いてもらえない歯がゆさに絶望しかけたその時、別れ道を使って馬車が方向転換をした。

来た道を戻る。城が近づいてくる光景に、ジェンマの胸は躍った。

「どうされました」

不思議そうな顔をした門番にタッデオが忘れ物だと言い、中へ入れてもらう。塔の正面入口には、何故かジューニが立っていた。

「タッデオ、お願いがあるの」

ジェンマは馬車を降りる前に、客車に残した絵を指差した。

「あの絵を、お父様に渡して」

「……かしこまりました」

ジェンマの覚悟を悟ったのだろう。タッデオは唇を噛んで頷いた。

「ありがとう、タッデオ。お父様たちによろしくね」

同じ国にいるのだ、会えないわけではない。もしかするとジェンマの行動は非難されるかもしれないが、その時はその時だ。

「はい、お伝えします」

「ありがとう」

ジェンマが馬車を降りると、ジューニが頭を下げた。

「おかえりなさいませ」

その一言には、ほっとしたような響きがある。長くアンドレアに仕えている彼がどこまでを知っているのかは分からないけれど、少なくとも、ジェンマが戻って来たことを喜んではくれているようだ。

「帰ってきてしまったわ。ねぇ、ジューニ。アンドレアはアトリエにいるかしら?」

「はい、いらっしゃいます」

案内しようとするのを断り、ジェンマは階段を上がってアトリエに向かう。ドレスを歩きやすいようにまくって急いだ。

「アンドレア、いるんでしょう？」

アトリエの扉を開ける。キャンバスに向かっていたアンドレアが、筆を持ったまま驚いた顔をした。

「忘れ物かい？」

アンドレアが筆を置く。穏やかな笑みを浮かべているが、その顔はひどく疲れていた。それも当然だろう。彼は二枚の絵を同時に描いていた。ほとんど眠っていなかったに違いない。

「違うわ。戻ってきたの」

「戻って来た？」

「ええ、そうよ」

アンドレアの前にあるのは、青色のドレスを着たジェンマの肖像画だ。

ジェンマは一歩ずつ足を進めた。負けない。キャンバスの中にいる自分に宣言してから、アンドレアと向き合う。

「お願い、アンドレア」

ジェンマはアンドレアの手をとった。

「絵の中の私じゃなくて、目の前の私を選んで」

必死の訴えにアンドレアは目を見開いた。

「ジェンマ、それは……」

否定の言葉なんて聞きたくない。ジェンマはアンドレアを遮った。

「あなたが好きなの」

初めての告白は、勢いのまま大きな声になってしまった。アンドレアは驚いた顔で固まって、しばらく何も言わなかった。

こんなに怖い沈黙はない。何か言ってほしくて待っていると、やがてアンドレアは深く息を吐いた。

「……いいのかな」

彼の目がゆっくりと、でも確実に、潤んでいく。

「僕はもう、君を離してあげられないよ」

「構わないわ。離されたら困るもの」

ジェンマはアンドレアに一歩、近づいた。彼の目に、絵の中の自分が入らないように。

「……だから、言って。私のことを好きって」

「好きじゃ足りない、ジェンマ。僕は君を愛している」

アンドレアの声が震えていた。彼は胸に手を当てて、絞りだすように言った。

「ずっと、出会った頃から、僕には君だけだ。体が弱くて城から出られない僕にとって、君はすべてだった」

目を細めたアンドレアは、昔のことを思い出しているのだろう。頬が緩んでいる。

「でも君にとって僕は、かわいい妹だったね。それが悔しくて、僕は君を誰にも渡したくなくて、……」

アンドレアは首を振った。ごめん、と言われても、何を謝られているのか分からない。

「君を好きすぎて、僕はおかしい。ひどいことをしたね。そして、……これからも、ひどいことをするかもしれない。それでも、こんな僕を、君の夫にしてくれるかい」

アンドレアはジェンマの手をとった。ジェンマは覚悟を決めて頷いた。

「あなたがいいの」

誰かを好きという気持ちを、実はまだよく分かっていない。それでもジェンマは迷わなかった。

「ああ、……嬉しいよ。やっと、君が僕を求めてくれた」

アンドレアが俯いた瞬間、彼のまつげが光った。肩を震わせている彼はきっと、涙を零しているのだ。

絵を持って帰るように言ったのは、アンドレアの優しさによるものだと思っていた。でも、今の彼を見ていたら違うと分かる。

アンドレアは、ジェンマに選んで欲しかったのだ。そのために回り道をした。その道さえ彼が用意したもので、本当はアンドレアの手の中で踊っているのかもしれない。それでも構わなかった。ジェンマはただ、アンドレアを誰にも渡したくない。それだけだ。

「アンドレア」

名前を口にしただけで、胸が熱くなる。絵の中のジェンマはこうしてアンドレアの名を呼ぶことも叶わないのだ。自分の内側に芽生えるじっとりとした感情に戸惑いながらも、ジェンマはアンドレアに手を伸ばす。彼は嬉しそうにジェンマの手の甲に口づけた。

「ここは少し寒い。……僕の部屋に行こう」

おいで、という一言が、ジェンマを魔法にかけた。彼の手に導かれるまま、奥のドアへと進む。

大きな寝台が目に入る。ここはアンドレアの寝室だ。そこで何をするのか、ジェンマはもう知っている。教えたのはアンドレアだ。

「んっ……」

どちらともなく、唇を寄せていた。軽く触れ合わせた部分から熱が生まれ、指先にまで広がっていく。

うまく息が出来なくて、ジェンマはわずかに唇を開いた。するとそこからアンドレアの舌が入って来る。熱く濡れたその感触にどうしても竦んでしまうジェンマの口内は、我が物顔で舐めまわされた。

「あっ……」

肩と腰に手が回され、軽々と抱え上げられる。ほんの数歩先にあるベッドまで、大切なもののように運ばれた。

大きな寝台の中央に横たえられる。アンドレアはジェンマの体を囲うように手をつき、いいね、と聞いた。

ジェンマは黙って頷いた。彼がちゃんと自分を求めてくれるのが嬉しかった。

胸元のリボンが丁寧に解かれた。アンドレアは慎重に、ジェンマの衣服を脱がしていく。こんな時はどうやって羞恥を伝えればいいのか迷っている間に、下着まで取り去られた。

そうしてまた、キスから始まる。唇を重ねるだけで、くるおしいほどの愛しさがこみあげてきた。これが伝わればいいのにと願いつつ、ジェンマはアンドレアの肩に腕を回す。はしたなく口づけを求め、アンドレアはそれに応えてくれた。

「んっ……」

アンドレアの唇と指が、ジェンマの体をじっくりと確認していく。くすぐったさと羞恥が混ざり合い、どんな顔をすればいいのかも分からなくなってきた。

「んんっ」

乳房を好き勝手に扱われる。刺激で硬くなった突起を吸われたり摘まれたりされる内に、ジェンマの体は熱くなった。

「だめだ、もう我慢できない」

アンドレアがその場に膝立ちになり、上半身の衣服を脱ぎ捨てた。そのまま床へと放り投げる。乱暴な仕草も、彼がすると粗野《そや》には見えなかった。

白く輝く肌は艶めかしかい。抱き寄せられ、ぴったりと体を重ねられただけで、ジェンマの体温は上がった。アンドレアの鼓動もジェンマに負けないくらい速くて、それも嬉しかった。

「早く君の中に入りたい」

急いた様子でアンドレアはジェンマの脚を広げた。

秘めた部分を晒すのには、覚悟がいる。それでもジェンマの体は、すっかり彼に与えられた快感を覚えてしまっていたらしい。指先でそっとなぞられただけで、そこははしたなく蕩けはじめた。

「キスだけでこんなに濡れたのかな、いやらしいね」

花びらをめくるような指使いに体をくねらせる。

「や、っ……だめっ……」

無意識に拒む言葉が口をつく。アンドレアは構わず、ジェンマのそこを撫でては潤し、指を受けいれることを覚えさせた。

「っ……」

指を中に埋められた時は、咄嗟にアンドレアの肩を摑んでいた。足指を丸めて衝撃に耐える。

「力を抜いて」

耳元で囁かれ、耳朶を噛まれた。竦んでしまった体にいっそう力が入り、受け入れた指を締めつけてしまう。

「ダメだよ、そんなに締めたら。僕の指がそんなに好きなの?」

「違っ……」

そうじゃないと首を振る。するとアンドレアは、じゃあ嫌い？　と聞いてきた。

意地の悪い問いかけに眉を寄せる。彼は小さく笑ってからジェンマの鼻に唇を押し当てた。

「ねぇ、もっと、……中へ入らせて」

甘い響きに唆され、ジェンマの体から力が抜ける。指の数が増え、圧迫感と鈍い痛みに苛まれた。

二本の指が、ジェンマの内側を探る。それに応えるように粘膜が潤い、痛みを散らしていく。

指がそっと引きぬかれた。

いよいよだと身構えたジェンマの両脚をアンドレアが抱える。だが次の瞬間、彼はジェンマの脚の間に顔を埋めた。

「ひゃっ……な、何をっ……」

光が当たり金色に輝く髪がジェンマの下肢に埋められる。呆然と見つめていると、彼は更に想像もしてなかったことをした。

「……あっ……んんっ……！」

敏感な突起が温かなものに包まれた。それが彼の舌だと気がついたのは、くすぐるような動きをされたからだ。

アンドレアが、ジェンマの恥ずかしいところを、舐めている。ジェンマは頭を打ち振った。

「やだっ……」

とてつもない羞恥で顔が熱くなる。アンドレアは更に舌は伸ばして、中まで舐めてくる。

ぴちゃぴちゃと湿った音が室内に響いて、耳を塞ぎたくなった。

「もう……や、……」

アンドレアの頭を引き離そうとする。こんな羞恥には耐えられない。ジェンマの体はもう蕩けているのだから、このまま体を繋げてくれればいいのに。

「……まだ、ダメだよ」

「どうして」

たぶんジェンマは涙目になっていた。顔を上げたアンドレアは、濡れた口元を手の甲で拭う。

「あんまりこういうこと言いたくないんだけど」

怖がらせたくないから、と耳に口づけられた。

「僕の、が……大きくなりすぎてしまって」

アンドレアが真顔で言うので、なんのことかすぐに分からなかった。たぶんその戸惑いが、顔に出ていたのだろう。眦を下げ、困ったような情けないような、とにかく彼らしくない表情のまま、右手を下へ導かれた。

「……え？」

導かれた先には、熱くて大きなものが蠢《うごめ》いている。

「これ、は……」

「ん、僕の、だよ。……分かるよね？」

正体が分かり、思わず手を離した。

異性の性器に触れたのは初めてだ。これまでアンドレアはジェンマにそれを見せることもしなかった。だからこんなにも熱くて硬いなんて、知らなかったのだ。

ジェンマの反応を見て小さく笑ったアンドレアは、ジェンマの秘部に触れた。くちゅっと音がして、指が入ってくる。浅いところをかき回されて、咄嗟に閉じようとした太ももを抑えられた。

「あっ……」

「もう少しだから、我慢して」

ジェンマの内側にあるのは、アンドレアの指、だ。美しい絵を描くあの指が、くちゅくちゅと音を立てて、ジェンマの体の奥をかき回していた。

「奥からいっぱい、出てきてるね。……もっとかきまぜたら、どんな音がするだろう。聞こえるかな？」

「やだっ……」

自分の体からこんなに淫らな音が出ていると認めたくない。違う、と首を横に振る。

「違わないよ。ちゃんと聞いて、ほら」

「……っ……」

ぐちゅっと熟れた果実をつぶすような音がする。アンドレアはジェンマの耳を散々辱しめた後、指を抜いて体を起こした。

投げ出していた脚を、改めて広げられる。ベッドにまた膝立ちになった彼に見下ろされた。その瞳には、嵐のような情熱が宿っている。

妹のようにかわいがっていたあの子は、いつの間にかこんなにも美しい男になっていた。欲望を隠さない姿に、胸がかきむしられるようだ。

「君のここで、僕を愛して欲しい」

潤いすぎてぬかるみのようになった場所へ、熱が突き立てられる。体を押し広げようとする硬さとそれがもたらす痛みに、ジェンマの体は咄嗟に逃げようとした。

アンドレアの手が肌を撫でる。触れられた部分からじんわりと熱くなってきて、緊張が解けた。

圧し掛かってくる体の重みが愛しい。細身に見えたけれど、やはり彼は男だった。自分よりも大きくて重たい体に触れる。

「力を抜いて」

耳元で囁かれたけれど、それは逆効果だった。そんな心までとろけさせるような甘い響きに包まれたら、震えが止まらなくなってしまう。

ゆっくりと時間をかけて、アンドレアは最奥まで進んだ。すべてを埋めた彼は、ジェンマの背中に腕を回し、強く抱きしめてくる。

「ジェンマ。……愛してる」

全身がアンドレアの体に沿う形になる。彼の肌は汗ばんでいて、鼓動も速い。——自分だけじゃなくて、よかった。

「綺麗な肌だ。……ずっと、触っていたくなる」

アンドレアは何かを確かめるようにジェンマの体の輪郭をなぞった後、膝に手をかけた。

「全部見せて」

「恥ずかしいっ……いや、やめっ……」

あまりの羞恥に頭を打ち振る。だけどアンドレアは構わず、ジェンマの膝を掴んで脚を大きく開かせた。

何もかもが彼の目の前に晒される。アンドレアが軽く腰を引いて、また埋めた。

「……ああ、とても綺麗だ」

「うそ、いや……見ないで」

視線に犯される。恥じらって収縮するそこを咎めるように腰を引かれたら、甘い声を上げるしかなかった。

「嘘じゃない。君に美しくない部分など存在しないよ」

「あんっ」

アンドレアはゆっくりと動き始めた。体の内側を、熱いものが擦る。鈍い痛みよりも、体の内側をかき回される感じがまだ怖い。だってこの先には、自分が自分でなくなるような瞬間がくるから。

「ジェンマ、……もう少し、力を抜いてっ……」

アンドレアが眉を寄せる。いつもの彼からは想像もできないような、苦しそうに歪んだ顔が色っぽい。

「そんなに締めないで……、僕が、もう……」

「ん、んっ……」

アンドレアの手がジェンマの手を摑んだ。指を一本ずつ絡められ、強く握られる。

どちらともなく顔を寄せ、唇を重ねた。舌先でくすぐるようなキスに小さく笑う。すると繋がった部分が、ジェンマ自身でもはっきりと分かるほど、熱く濡れた。

「ごめん、……もう、我慢できないっ……」

アンドレアはそう言って、ジェンマの腰を左手で抱き寄せた。繋がりが深くなり、ジェンマは背をしならせる。

「ああっ」

首筋に噛みつかれ、また体の内側がうねるように収縮した。腰が跳ねあがり、抜けそうになったアンドレアを引きとめるように粘膜が絡みつく。

「はぁ、全部、こんなに、君を僕でいっぱいにして、いいのかな……」

不意にアンドレアが呟いた。ジェンマを抱きしめていた腕から力が抜ける。

「どういう、意味……?」

「ん、……だからね、こんなに綺麗な体を、僕のものにしていいのかな、って」

アンドレアの手がジェンマの乳房をそっと包む。

「あなた以外の誰が、私を愛してくれるの?」

ジェンマはアンドレアの髪にそっと触れた。三回も縁談を断られた時、惨めには思ったけれど、それだけだった。でもアンドレアが自分以外を見ているのだと考えたら、苦しくて泣きたくなった。

好きだから、苦しい。アンドレアが言ったことが、今なら分かる。好きだから、もっと、求めて欲しい。

「私を愛して」

「……」

アンドレアは瞬きを忘れたかのように固まった。それから肩を揺らして笑う。そうするとジェンマの体にまで振動が走った。

「僕だけだね。他の誰にも、君を愛する権利を与えたくない」

ジェンマの顔の横にアンドレアが手をついた。何故か彼の目が潤んでいるように見えた。

「ようやく、この時がきた」

絞り出すような声と共に、右手をとられる。

「僕は君を幸せにすると誓うよ」

手の甲に厳かに口づけたアンドレアは、そのまま指を握った。

「ええ、……私を、私だけを見てね」

いつまでも好きでいて欲しい。その気持ちを込めて、ジェンマは彼の手をとり、指を絡めるように繋ぎ直した。

視線を絡めたまま、触れるだけのキスをする。それだけで、お互いの体に火が点いた。

「……んっ……」

アンドレアが腰を引く。その瞬間に体の内側から沸き上がった熱にジェンマが戸惑っている内に、また昂ぶりを突き立てられる。

「あっ……」

繰り返される度に、熱が中に蓄積される。アンドレアの動きはどんどん速くなり、寝台がきしむ。

「……そこ、……だめっ……」

体の内側の、柔らかく濡れたところを擦られると、腰のあたりが切なくなる。出入りする彼の欲望が、ジェンマを乱れさせる。迸る声が我慢できない。

初めての時は、これが快感だなんて知らなかった。だけど今なら分かる。これは気持ちのいいことだ。

「んんっ、……あつ、い……」

硬く熱い存在に粘膜が絡みつく。アンドレアの昂ぶりを抱きしめているのだ。こんなにはしたなくなってしまう自分が信じられない。

「うん、……すごい、熱いね……」

ぽたりと、唇の際に何かが落ちてきた。目を開けた瞬間に飛び込んできたのは、額に汗を浮かべているアンドレアの姿だった。

いつも微笑んでいる彼が、余裕を失って、何かに耐えるように眉根を寄せている。その

艶めかしい表情で気がついた。唇の際に落ちてきたのは、彼の汗だ。それだけ彼も興奮しているのだと思った瞬間、ジェンマの中で何かが弾けた。

「あ、ああっ……！」

アンドレアに腰を押しつけるようにして、ジェンマは真っ白な光に包まれた。浮き上がった体を折れそうなほど強く抱きしめられる。

「っ、いくっ……」

行き場を失っていた手を摑まれる。指を一本ずつ繋いで、唇を重ねる。深いところでひとつになって、これまでとは違う高みへと一気に駆けあがった。

気持ちいい。触れ合っているところのすべてが。

「はぁ、……奥まで、すごい……」

体内に迸る熱に酔わされる。目の前が白く塗りつぶされ、頂点から一気に落下する時、ジェンマはアンドレアの背に爪を立てた。こうして彼に抱かれるのは自分だけだと、アンドレアの体に刻みつけたかった。

公爵は愛を語る

アンドレア・ヴェロネージという名を与えられてからもうすぐ十八年、僕は苦手だったはずの朝が好きになった。

理由は簡単、腕の中に最愛の彼女がいるから。アウレリオ伯爵家の次女、ジェンマは、僕の初恋であり、そして最後の恋の相手だ。

金色の髪と好奇心に輝く青い瞳、小さめの唇が紡ぐのはかわいらしい声。白い肌は柔らかくなめらかで、一度触れたら離すことなどできない。

好きなものはたくさん。積極的に何かを嫌いになる人ではないけれど、雷だけは苦手。それが僕の知っているジェンマだ。

その彼女は今、何も身につけず、僕の腕の中で眠っている。その愛らしい寝顔を見ているだけで、僕は幸せな気持ちになる。

初めて会ったのは、まだ幼い頃だ。僕は当時、体が弱かったため、魔除けの意味で女の子として育てられた。——表向きはそうなっている。

でも事実は違う。ヴェロネージに息子が二人いると、必ず争いになる。祖父はよくそう言っていたそうだ。だから父は僕を女の子として育てることにした。争いを起こさないために。

僕が男であることは都合が悪いから、病気の治療を理由に隣国で生活していた時期もある。

あの頃、僕は自分がこの家に生まれてはいけない子だったのだと悟った。当時の僕にとってはジェンマとの手紙のやりとりだけが楽しみだったけれど、それもいつしか途絶えた。たぶん僕の手紙が、彼女のもとに届かなかったのだと思う。それが誰の差し金かは分からない。

父には一度だけ、財産はいらないからジェンマと結婚したいと言った。却下された。

「お前は私が選んだ、一番いい家の娘と結婚させる」

アウレリオ家だって立派な伯爵家だ。政治的に中立で、しかも僕が女の子の格好をしていても気にせず娘の友達とする寛容さがあった。素晴らしい家だと思う。

しかし僕と王室の誰かとの婚姻を望んでいる父は、首を縦には振ってくれなかった。

このままでは、家を継ぐ予定のない僕は、父が決めた相手と結婚させられてしまう。王室で年齢が近い娘なんて興味がない。僕はジェンマがいい。

婚姻を断るには、家ではなく、僕自身に力が必要だ。まず自分ができることを考えた。その時に思いついたのが、絵だ。

僕は目にしたものを一瞬で記憶ができる。物心ついた時にはもうそれが当り前だったから、他の誰もができると思っていた。でも絵を描きはじめる内に、誰もが見たものすべてを覚えていないのだと知った。

ならば、その場面を再現しよう。僕は瞬間の記憶を絵という形にした。まずは知り合いの貴族の絵を描き、そこから評判が広がるように仕向けた。父が期待できない以上、きっかけも自分で作るしかなかったのだ。村の大聖堂の仕事は無償だったが、見る者が多く、僕の代表作になったと思う。

時間はあまりない。僕は貴族の娘が結婚に際し用意する肖像画を、積極的に引き受けた。絵を描きながら情報を聞きだし、娘が幸せになる相手先を選ぶように話を進めた。結果的に彼女たちは幸せになってくれたのだから、いいことをしたと思う。

そうして幸せを呼ぶ肖像画家となった僕の噂がアウレリオ家に届いてから、連絡が来るまでは長かった。自分から売り込みに行こうかとまで考えたくらいだ。

その間にジェンマに持ち上がった結婚話は、すべて潰した。圧力だけでなく、ジェンマにはとても言えないような汚い手も使った。

計画通り、ジェンマの絵を描くと決まった時は、眠れないほど興奮した。やっと、彼女に会えるのだ。僕は彼女に着てもらいたい服や装飾品をたくさん用意した。

彼女が来る日の朝、僕は廊下に飾られている絵の、奥の一枚を外した。そこにあったのは、僕の兄の絵だ。

兄は今、病に伏している。不摂生《ふせっせい》が原因だと父は嘆いているし、僕もそうだと思う。自分にも他人にも甘い人だから、周りに恵まれなければあっさりと転落してしまうのだ。

父は僕を跡継ぎに考えていると言いだした。今更なことだと思う。でも僕は、条件付きで跡継ぎになることを了承した。条件はただひとつ。ジェンマとの結婚を認めること、それだけだ。

父から返事が来るより前に、ジェンマは僕のもとへやって来た。

「……アンドレア？　もしかしてあなた、アンドレアなの？」

久しぶりに会ったジェンマは、記憶の中よりもいっそう美しくなっていた。張り骨が合っていないのか、少しドレスのラインがずれていたのだけど、それもまた彼女の魅力を引き立てている。

たまらない。僕は目を細めた。駆け寄ってくる彼女の姿を記憶していく。ああ、すべて描きたい。

僕はその場に跪き、彼女の手の甲にキスをした。

「会いたかったよ、ジェンマ」

だが彼女は固まったままだ。どうしたのかと聞いたら、彼女の口から驚くような台詞が聞こえた。

「……あなた、女の子じゃなかったの？」

まさか、ジェンマが僕を本当に女の子だと思っていたとは思わなかった。僕はすぐにでも求婚するつもりだったが、ここで計画変更を余儀なくされた。

ジェンマは同性だと思っていた相手に求婚されて、すぐに受け入れるような性格ではない。僕はまず、彼女が今の状況をどう思っているのか確認した。

彼女は結婚に対して、幸せになりたいという希望しか持っていなかった。絵が返却されたことに傷ついているようで、特に想う相手はいないらしい。

それならば、僕がいいだろう。なにがあっても彼女を幸せにすると誓える。

僕は絵を引きうけると約束し、同時に頭の中で決めた。彼女の絵を僕が描く。描きあがったら、結婚を申し込もうと。

「絵に、自分の運命を決められていいのかしら」

ぽつりとジェンマが呟いた。

「僕もそう思うよ。――肖像画はそこに人がいるから存在できるものだ。絵が人を越えるのは、思い出になった時だけだよ」

偉そうだが、本心だ。僕は絵を利用したけれど、絵の出来で人生が決まるのはどうかと思っている。画家にそんな力を与える必要はない。幸せは本人が努力すればいいことだ。

それにしても、会わない間にジェンマは想像以上に美しくなっていた。好奇心は旺盛だが、貞淑で、噂話に興じたり、華美に着飾ったりする性格ではない。何もかもが僕の理想と思ってから、逆だと気がついた。ジェンマはジェンマである限り、僕の理想なのだ。

「さあ、まずは僕が画家だということを君に証明しよう」

彼女の手をとって、アトリエに案内する。彼女は僕が描いた絵に夢中になってくれた。僕はアトリエにいる彼女の姿を目に焼き付ける。

ふと、鼻に雨のにおいを感じた。僕は山の向こう、隣国の平野部を見る。そこに黒く重たい雲が見えた。あれは嵐の前兆だ。

好機だと思った。彼女を引きとめ、泊まるように導こう。食事を用意したと言えば、ジェンマは逆らわなかった。

僕はその夜、彼女と一緒に寝た。雷に怯える彼女と、手を繋いで。

無防備な彼女を抱くことは簡単だったけれど、僕はそうしなかった。なにもしないで彼女の警戒心を無くさせることが大事だと思ったから。

翌日から、絵を描きはじめた。ジェンマには椅子に腰かけてもらって、それを僕が描くというスタイルだ。でも僕は、一度でも見たらその姿を記憶してしまうので、彼女がそこにいなくても絵は描ける。もちろんそのことは彼女には内緒だ。

ゆっくりと進めるつもりだった。でも僕は我慢が足りなくて、彼女が僕を妹のように思っているのは分かっていて、前夜はそれを利用までしたのに、――かわいいと言われて、つい、キスをしてしまった。

触れた部分から歓喜が伝わって来て、体が弾けそうだった。信じられないくらいに気持ちがよくて、つい貪ってしまった。

怖がらせたいわけではなかった。僕は自分がしでかしたことを悔やんだが、もう遅い。怯えた目をしたジェンマは、タッデオという、アウレリオ伯爵の側近の男に助けを求めた。

僕は血が煮えるのを感じた。どうして、僕の前で他の男に触れるのか。

タッデオは厄介だと、初めて見た時から僕は思っていた。彼を追いやり、ジェンマをこの城に残すため、僕はジューニに命じて、彼らの馬車に細工をさせた。馬には興奮するという草を与えた。

本来ならば馬車寄せを出てすぐ、ジェンマが乗る前に馬が暴走し、客車が外れて壊れるはずだった。だが予定よりもジェンマが早く帰ることになったため、計画は狂ってしまった。

門を出たという連絡を受けて、僕は慌てた。伯爵家の馬従者が戻って来て状況を説明した時は血の気が引いて、とにかくジェンマが心配で、駆けつけた。彼女に怪我がなくてよかった。

タッデオは怪我したので、村へ連れて行った。これで結果として、僕はジェンマを城にとどめることに成功した。

予定とは違い、タッデオもいない。僕は教会で祈るジェンマの姿を見て、決めた。今夜、彼女を僕のものにすると。

素晴らしい夜だった。うぶな反応をひとつひとつ楽しみながら、ジェンマの白く柔らかな体を貫いた。恐ろしいほどの歓喜に震えたあの夜、彼女が見せた表情のすべてを、僕は記憶している。

孕むならそれでもいいと、彼女の体内に射精した。僕と彼女のどちらに似てもいいなと思いながら、僕は眠った。

翌朝、ジェンマの反応は鈍かった。心がどこかに旅立っているかのようだ。人形のように色々とできるのは楽しいけれど、やっぱり笑顔が見たい。僕はジェンマの笑顔が好きだ。

アトリエで抱いた時は興奮した。僕の手で乱れるジェンマは美しく、とても一度では収まらなかった。彼女の体も少しずつ慣れてきて、僕をいっそう喜ばせた。

ジェンマは従順だった、求めたら答えてくれる。僕は自分でも驚くほど、彼女の体に夢中になった。

この生活が続くと思っていたある日、ジェンマはタッデオの様子を見たいと言いだした。僕もそろそろ絵具を調達したかったし、なにより彼女と共に買物をしてみたかったので、すぐに馬車を出した。

タッデオは元気そうだった。彼が代わりの者を呼ぼうとするのは断った。そんなことをされたら困る。

帰り際、タッデオの手をとったジェンマが美しすぎて、僕は悔しかった。慈愛の眼差しを、僕も向けて欲しかった。

タッデオを預けた教会を出て、絵具のついでに買物をした。ジェンマは初めての買物に満足してくれたようだ。

僕の絵がある大聖堂に連れて行ったのは、絵の前に立つ彼女を見たいからだ。僕は少し離れたところから、その絵を見た。

ジェンマがいて、初めて絵が完成した。僕はその場面を覚えて、瞬いた。

そこで余計なことを考えなければよかった。でも僕は、その背中に、タッデオへと手を伸ばした姿を重ねてしまったのだ。

ジェンマがタッデオに対して特別な感情を抱いていないのは分かる。あれは家族に対する眼差しと同じだ。

だけどタッデオはどうだろう。そばにいて、ジェンマの美しさに狂わされたって、おかしくないのでは？

想像したら、自分でもよく分からないくらい苛立った。ジェンマを誰にも渡したくない。その気持ちばかりが先走り、彼女を問い詰め、傷つけてしまった。

どうして、うまくいかないのだろう。僕はただ、ジェンマを好きなだけなのに。

僕にできることは、ただ好きと伝えることだけだ。そう思っていたのに、僕はどこが好きかと聞かれて、うまく答えられなかった。

「……君を好きすぎて苦しい」

僕は逃げるように、ジェンマの絵だけを置いてある小部屋に行った。下準備だけを施していたキャンバスに、依頼されたものとおなじ構図で、ジェンマの絵を描いていく。

早く絵を描きあげて、本気で好きだと求婚するつもりだった。でももし断られたらどうする。僕は彼女の思い出だけで生きるのか。

怖かった。僕は自分の手元に残すための絵を描いた。彼女にばれそうになった時はさりげなく隠し、朝も晩もとにかく描いた。

描くことで、僕の気持ちはどんどん濃くなる。好きだ、大好きでたまらない。もっと優しくしたい、笑ってほしい。だけど、……できない。

僕は、どこで間違えた。考えても分からない。絵を描いている間はジェンマのことだけを想っていればいいから、僕はひたすら、描いた。

そんな中、彼女の絵ばかりの部屋の存在を知られてしまった。ちょうど父の側近が城に様子を見にきていたために生まれた、ほんのわずかな隙だった。僕がこれまで描いてきた数々の絵を見た彼女は、この後、僕が絵と暮らすのかと聞いた。僕は君と過ごすつもりなのに、どうしてそんなひどいことを言うのだろう。

一緒に絵具を作った時は、とても楽しかった。僕には彼女しかいない、その想いだけが強くなる。でも僕は、ジェンマに触れられなくなっていた。拒まれるのが怖かったし、なにより早く絵を完成させて、彼女に求婚したかった。

ジェンマは僕の視線に反応する。見つめたら頬を染め、まるで抱きしめている時のように息を乱していく。その姿に愛しさが募って、僕はつい筆を止めてしまいそうになる。愛しい、好きだ、早く君のすべてを、僕のものにしたい。

ジェンマは僕の描きかけの絵を見てしまった。彼女は驚いたようで、それからどうにも表情が優れない。少し休んでもらおうと、別宅へ帰した。

絵が完成すると、僕はすぐ、彼女に口づけた。愛しているという言葉を疑われたけれど、それにもめげず、僕は続けた。

「本当は君を離したくない。――できるなら、君をこの絵の中に閉じ込めたい」

精一杯、気持ちを伝えたつもりだった。けれど、君を愛し続けていいかという問いに、ジェンマは答えてくれなかった。

断られたのだろうか。僕は出て行く彼女を見送るしかできなかった。世界から急速に色と音が失われた。

僕には彼女しかいない。本気なのに、どうして信じてもらえないのだろう。僕を選んでもらうにはどうしたらいいのか。

現実を受け止めきれず、僕は手元にあるジェンマの絵を仕上げることにした。色のない世界の中でも、彼女だけはそのままだ。

僕はこの絵と暮らす。キャンバスの中のジェンマは、いつも僕に微笑んでくれるから。それでいい、そう覚悟した僕のところに、ジェンマは戻ってきた。

ジェンマが僕を求めてくれたあの日を、僕は忘れない。あれから僕の毎日は、いっそう鮮やかに色づいている。

今日は、この城で一番高いところ、塔の頂上に連れて行こう。ジェンマは高いところが好きだから、きっと喜んでくれるだろう。

明日には父がやってくる。僕は側近を通じて、ジェンマと結婚する、認めるなら跡を継ぐと宣言していた。兄は既に歩くのもままならぬ状態のため、父は僕を跡継ぎにするしかない。ジェンマとの結婚を許してくれるはずだ。

アウレリオ家に贈ったジェンマの肖像画は、昨日、ジェンマの父の名前で僕のもとに戻された。これは結婚を了承したということだ。挨拶は改めて行こう。そうだ、僕は返事として花嫁衣装を準備しなくてはいけない。希望を彼女に聞かなくては。

もう一枚の肖像画は、まだ完成してない。ジェンマの後ろは背景ではなく、僕自身を描くつもりだ。そうして廊下の先、歴代の当主の絵を飾るあの場所に、二人の絵を並べるのだ。それとは別に、またジェンマを描こう。僕はいつまでも、ジェンマを描いていくだろう。僕が公爵になっても、この気持ちに変わりはない。

「……ん……」

僕の腕の中で、ジェンマが身じろぎした。金色の髪が寝具に散る。

彼女の一日が、自分で始まればいい。僕はゆっくりと、その唇に口づけた。

「おはよう」

僕はこの城で恋をした。手段を選ばず手に入れた、最初で最後の恋人は、もうすぐ僕の妻になる。

終

あとがき

乙女系でははじめまして、藍生有《あいおゆう》と申します。

この度は『公爵は愛を描く』を手にとっていただき、ありがとうございます。

ソーニャ文庫さんからお話をいただいた時に、「お得意のヤンデレをお願いします」と言われました。普段はBLを書いていますが、ヤンデレを書いた記憶がない私の頭には？が浮かんだことをここに告白します。

アンドレアはヤンデレではないと思うのですが、いかがでしょうか。ご意見お聞かせいただけると嬉しいです。

イラストのアオイ冬子《ふゆこ》先生、私のせいでとてもご迷惑をおかけいたしました。申しわけありません。

お忙しい中、素敵な二人をありがとうございました。アンドレアがかっこよすぎて、これは何をしても許されるのでは……？　と思ってしまいました。

ジェンマはとてもかわいらしくて、このお嬢様を断る奴を許さんと憤ったほどです。

そしてドレスが素晴らしくて……！　表紙をいただいた時は、あまりに美しくてずっと眺めておりました。二人に命を吹き込んでくださったこと、深く感謝いたします。

担当様。初めてのお仕事にもかかわらず、今回はご迷惑しかおかけできず、申しわけありませんでした。途中でヤンデレ化させてしまったことを反省しております……。

最後になってしまいましたが、この本を読んでくださった皆様に深くお礼を申し上げます。少しでも楽しんでいただければ幸いです。

ツイッターもたまにやっていますので、名前で検索いただけると嬉しいです。普段は主にBLを書いていますのでご留意ください。

ご意見・ご感想などもお寄せいただけると幸せです。

それでは、またお会いできることを祈りつつ。

二〇一六年　五月　　　　　　　　　　　　藍生　有

http://www.romanticdrastic.jp/

この本を読んでのご意見・ご感想をお待ちしております。

◆ あて先 ◆

〒101-0051

東京都千代田区神田神保町2-4-7 久月神田ビル7階

㈱イースト・プレス　ソーニャ文庫編集部

藍生有先生／アオイ冬子先生

公爵《こうしゃく》は愛《あい》を描《えが》く

2016年6月5日　第1刷発行

著　　者	藍生有《あいおゆう》
イラスト	アオイ冬子《ふゆこ》
装　　丁	imagejack.inc
D　T　P	松井和彌
編集・発行人	安本千恵子
発 行 所	株式会社イースト・プレス 〒101-0051 東京都千代田区神田神保町2-4-7 久月神田ビル8階 TEL 03-5213-4700　　FAX 03-5213-4701
印 刷 所	中央精版印刷株式会社

ISBN 978-4-7816-9578-5

『致死量の恋情』　春日部こみと

イラスト 旭炬